U0652481

Jorge Luis
Borges

This craft of verse

诗艺

[阿根廷] 豪尔赫·路易斯·博尔赫斯 著

陈重仁 译

上海译文出版社

目 录

第一讲　诗之谜

首先，我要明白地告诉各位可以从我身上得到什么——或者说呢，不能得到什么。我觉得我在第一场演讲的标题上犯了一点小错误。如果我没记错的话，那场演讲的标题是"诗之谜"，而整场演说的重点就在这一个"谜"字上。所以你或许会觉得这个谜是最重要的。更糟的是，你或许会认为我自己误以为已经找到了阅读谜题的正确方法。事实上我没有什么惊世的大发现可以奉告。我的大半辈子都花在阅读、分析、写作（或者说试着让自己写作）以及享受上。我发现最后一项其实才是所有之中最重要的。至于享受人生方面，得到的最后结论是我要在诗中"小酌"一番。的确，每次面对空白纸张的时候，总会觉得我必须要为自己重新发掘文学。只不过无论如何我是无法回到过去了。所以，正如我说过的，我只有满腔的困惑可以告诉你。我已经快要七十岁。我把生命中最重要的部分都贡献给了文学，不过我能告诉你的还是只有困惑而已。

伟大的英国作家与梦想家托马斯·德·昆西[1]写过——他的著作有十四巨册，篇幅长达几千页——发现新问题跟发现解决老问题的办法比较起来，其实是同样重要的。不过尽管如此，我还是无法告诉你解决问题的办法；我只能给你提供一些经年累月的困惑而已。而且，我为什么需要担这个心呢？哲学史为何物？哲学不过是一段记录印度人、中国人、希腊人、学院学者、贝克莱主教[2]、休谟、叔本华，以及所有种种困惑的历史而已。我只不过想与你分享这些困惑。

我只要翻阅到有关美学的书，就会有一种不舒服的感觉，我会觉得自己在阅读一些从来都没有观察过星空的天文学家的著作。我的意思是说，他们谈论诗的方式好像是把诗当成一件苦差事来看待，而不是诗应该要有的样子，也就是热情

---

1 Thomas de Quincey (1785—1859)，英国散文作家及评论家，以《一个英国鸦片服用者的自白》闻名。

2 Bishop Berkeley (1685—1753)，爱尔兰哲学家，提出新的感觉理论，抛弃传统的物质实体概念。

与喜悦。比方说吧，我是满怀着崇敬的心情来拜读贝内德托·克罗齐[1]在美学方面的著作，而我也曾做过这样的定义，诗和语言是一种"表达"（expression）。现在，如果我们想到某种东西的表达方式，接下来我们就又会回到形式与题材的老问题上了；而如果我们想到的刚好又不是特定事件的表达，那么能带给我们的就真的是微乎其微了。所以我们慎重地接受了这样的定义，然后才开始尝试其他的可能。我们尝试了诗；我们也尝试了人生。而我也可以很肯定地说，生命就是由诗篇组成的。诗并不是外来的——正如我们所见，诗就埋伏在街角那头。诗随时都可能扑向我们。

现在，我们很容易就会陷入一个常见的误解。比如说，我们会觉得，如果我们读的是荷马，或是《神曲》，或是弗雷·路易斯·德·莱昂，或是《麦克白》的话，我们就是在读诗了。不过，书本只不过是诗的表达形式而已。

我记得爱默生曾经在某个地方谈过，图书馆是一个魔法洞窟，里面住满了死人。当你展开这些书页时，这些死人就

1　Benedetto Croce（1866—1952），二十世纪前半期意大利最著名的哲学家，同时也是历史学家和文艺批评家。

能获得重生，就能够再度得到生命。

　　谈到贝克莱主教（请容我提醒各位，他可是预言美国将会壮大的先知），我记得他曾经写过，苹果的味道其实不在苹果本身——苹果本身无法品尝自己的味道——苹果的味道也不在吃的人嘴巴里头。苹果的味道需要两者之间的联系。同样的事情也发生在一本书、一套书，或许一座图书馆身上。究竟书的本质是什么呢？书本是实体世界当中的一个实体。书是一套死板符号的组合。一直要等到正确的人来阅读，书中的文字——或者是文字背后的诗意，因为文字本身也只不过是符号而已——这才会获得新生，而文字就在此刻获得了再生。

　　我现在想到了一首大家都知道的诗；不过或许你们从来都没注意到，这首诗其实有点奇怪。完美的词藻在诗中看起来一点都不奇怪；它们看起来好像都很理所当然。所以我们很少会感激作家们经历过的痛苦。我想到了一首十四行诗，这首诗是一百多年前住在伦敦的一位年轻人写的（我想他就住在汉普斯坦吧！），这名年轻人就是约翰·济慈，他后来死于肺病。而这首诗就是他最有名，或许也是他最广为人知的十四行诗：《初读查普曼译〈荷马史诗〉》（*On First Looking into Chapman's Homer*）。我在三四天前构思这场演讲的时候想到了这个点子——这首诗奇怪的地方在于内容写的就是诗的经验。你一定会背这一首诗，不过我还是要各位再听一次这首诗最后几行是如何的波涛汹涌、如雷贯耳：

> 之后我觉得我像是在监视星空
>
> 一颗年轻的行星走进了熠熠星空，
>
> 或像是体格健壮的库特兹他那老鹰般的双眼
>
> 盯着太平洋一直瞧——而他所有的弟兄
>
> 心中都怀着荒诞的臆测彼此紧盯——
>
> 他不发一语，就在那大然山之巅。

我们在这里就有了诗意的体验。乔治·查普曼 [1] 是莎士比亚的好朋友，也是他的死对头，他当然已经作古了，不过就在济慈读到他所翻译的《伊利亚特》或是《奥德赛》的时候，突然间他又活了过来。我想莎士比亚在写到以下这几句诗的时

1　George Chapman（1559—1634），英国诗人、剧作家。

候，他心中想到的一定是乔治·查普曼（不过我并不是研究莎士比亚的专家，我也不敢确定）："是否他的伟大诗篇声势壮盛，／要前去掠劫你这稀世之珍？"[1]

这首诗里头有一个字对我而言相当的重要：《初读查普曼译〈荷马史诗〉》。我想，"初"这个字眼对我们来说最为受用。在我阅读济慈这几行巨力万钧的诗句时，我在想或许我只是忠于我的记忆而已。或许我从济慈的诗里头所真正得到的震撼，远远来自我儿时在布宜诺斯艾利斯的记忆，那是我第一次听到父亲大声朗读这首诗时的印象。事实上，诗与语言都不只是沟通的媒介，也可以是一种激情，一种喜悦——当理解到这个道理的时候，我不认为我真的了解这几个字，不过却感受到内心起了一些变化。这不是知识上的变化，而是发生在我整个人身上的变化，发生在我这血肉之躯的变化。

我们回到《初读查普曼译〈荷马史诗〉》这首诗的文字上，我想济慈在读过《伊利亚特》和《奥德赛》等多本大部头的著作之后，他是否也感受到了这股震撼。我认为第一次

1　威廉·莎士比亚，第八十六首十四行诗。——原编者注

阅读诗的感觉才是真实的感觉，之后我们就很容易自我沉溺在这样的感觉中，一再让我们的感官感受与印象重现。不过就正如我所说的，这种情形有可能是单纯的忠于原味，可能只是记忆的恶作剧，也可能是我们搞不清楚这种热情是我们现在有的，还是从前就感受过的。因此，我们也可以说，每一次读诗都是一次新奇的体验。每一次我阅读一首诗的时候，这样的感觉又会再度浮现。而这就是诗。

我曾经读过一个故事，美国画家惠斯勒有一次到了巴黎的咖啡馆，那边有人正在讨论遗传、环境、当代政治局势等会影响艺术家之类的论点。惠斯勒这时开口说话了："艺术就这么发生了。"也就是说，艺术本身有一些神秘的成分。而我就要用一种全新的观点来诠释他的论点。我会这么说：每当我们读诗的时候，艺术就这么发生了。这样的说法或许会一笔抹煞掉大家界定经典作品的条件，像是经典作品一定要历经时间的锤炼，一定要流传久远，而读者也一定永远可以从中找寻到美。不过我希望我在这点真的是搞错了。

或许我要先简短地为各位介绍一下书籍史。就我记忆所及，希腊人并没有充分地使用书籍。当然，当时大多数人的伟大导师都不是伟大的著作家，而是演说家，这是事实。想想看毕达哥拉斯、基督、苏格拉底，还有佛陀等人吧！不过既然我都已经提到了苏格拉底，我想我就顺便讨论一下柏拉图吧！我记得萧伯纳说过，柏拉图是创造出苏格拉底的剧作家，就像是那四位福音传教者创造出耶稣一样。这样的说法或许有点夸大，不过还是有一定的真实性。在柏拉图的《对话录》当中，他用一种相当轻蔑的态度来讨论书籍："书是什么东西？就像是一幅画，书好像就是一个活生生的生物；不过，如果我们问它问题的话，它是不会回答的。然后我们就认为它已经死了。"[1]为了要让书本起死回生，他创造了柏拉图的对话录——很高兴这是为我们而做的——这本书也预先解决了读者的困惑与疑问。

不过我们或许也会说，柏拉图对苏格拉底是怀有殷切渴望的。就在苏格拉底死后，柏拉图常会自言自语地说："要是苏格

1　毫无疑问，博尔赫斯在此想到的是柏拉图的《斐多篇》（*Phaedrus*）（275d）。"我不得不想起斐多，很不幸的，写作跟绘画很相像；画家在创作的时候当然有他个人的人生观，不过如果你询问他的人生观，他们也只好保持严肃的静默。"根据苏格拉底的说法，教导与沟通都只能经由口语的方式进行；而这就是"真正的写作方法"（278b）。用笔墨书写就好比用"白开水"来写作，因为文字无法自我辩护。因此，口语的语言——"也就是活生生的知识，是有灵魂的。"——会比书写的文字来得优越，而书写的文字也不过就是字面的意象而已。用笔墨书写的文字无法辩解，也只有相信的人才不会要它们辩解。——原编者注

拉底的话，他会对我这个问题说些什么呢？"然后，为了再次回顾这位他所挚爱的大师的声音，他才写下了这些对话录。在有些对话中，苏格拉底代表的是真理。但在其余的对话中，柏拉图会刻意夸大他许多的情绪。有些对话并没有结论，因为在柏拉图写下这些对话的时候，他都还在思考；当他写下第一页时，还不知道最后一页的结论呢！他放任思绪漫游，而且也让这样的情绪戏剧化地感染到其他人身上。尽管苏格拉底已经饮鸩自尽了，不过我想柏拉图主要的目的就是要营造出苏格拉底还在他左右的幻象。我觉得这种说法是真的，因为在我的生命当中也曾深受多位大师亲炙。我很骄傲能够成为他们的门生——我也希望自己是个合格的好学生。每当我想到我的父亲，想到伟大的犹太裔西班牙作家拉斐尔·坎西诺斯－阿森斯[1]，当

---

1 坎西诺斯－阿森斯（Rafael Cansinos-Asséns，1882—1964），安达卢西亚作家，而博尔赫斯对他"令人惊艳的回忆"更是他百说不厌的话题。早在一九二○年初，这位阿根廷年轻作家就已经经常光顾这里的文艺圈了。"碰到他，我就好像是进入了东方与西方的图书馆。"（罗贝托·阿利法诺《与博尔赫斯谈话》，第一○一至一○二页）坎西诺斯-阿森斯夸称自己可以用十四种语言跟星星打招呼（不过博尔赫斯在另外一个场合说他会十七种）——包括现代与古代的语言他都会——他还能够翻译法文、阿拉伯文、拉丁文以及希伯来文。参阅博尔赫斯与奥斯瓦尔多·费拉里《谈话录》第三十七页。——原编者注

我想到马塞多尼奥·费尔南德斯[1]的时候，我也会想要听到他们的声音。有的时候我还会训练自己模仿他们的声音，为的就是自己也能够拥有跟他们一样的思考方式。他们总是与我同在。

我还有另外一句名言，这是一位教堂神父说过的话。他说，把一本书交到一个无知的人手中，跟把剑交到小孩子的手中是一样的危险。所以说，对古代的人来说，书只不过是暂时的替代品而已。在塞内加许多的书信当中，有一封是他向大图书馆抗议的信；很久以后，叔本华也写到，很多人误以为买了一本书也就等于买了整本书的内容了。我有时候看到家中的藏书，会觉得在我把这些书全部读完之前，我恐怕早就已经翘辫子了，不过我就是无法抗拒继续购买新书的诱惑。每当我走进书店找到一本与我的兴趣有关的书——比如说

1　费尔南德斯（Macedonio Fernández，1874—1952）极力拥护绝对的理想主义，他对于博尔赫斯的景仰可以说是与日俱增。他也是博尔赫斯曾经拿来跟亚当的开创性作品比较的两位作家之一（另外一位是惠特曼）。这位最不典型的阿根廷作家如此说道："我写作的原因是因为写作能够帮助我思考。"他创作诗的数量相当丰富（全都收录在《诗歌全集》[Poesias completas]，卡门·德·莫拉拉编〔马德里：Visor 出版社，一九九一年〕），还有为数颇多的散文，包括《开始的小说》，《最近收到的报纸：无法延续》，《永恒小说之博物馆：第一篇好小说》，《无形心灵术》，《布宜诺斯艾利斯：最后一篇烂小说》等等。博尔赫斯与费尔南德斯甚至还在一九二二年共同创办了一份文学期刊《弓》（Proa）。——原编者注

有关古英文或是古斯堪的纳维亚的诗文——我就会对自己说："我不能买这本书，真可惜，因为家里早已经有一本了。"

同样是古代哲人，东方哲学家对于书本却有另一套不同的看法。东方有一种天书（Holy Writ）的观念，也就是一些由神明写成的书；也因此有了《古兰经》、《圣经》等种种这样的书籍。套用施本格勒[1]在《西方的没落》一书讨论过的实例，我也要举《古兰经》为例来讨论。如果我没搞错的话，记得伊斯兰教神学家认为《古兰经》早在世界诞生之前就已经存在了。《古兰经》虽然是以阿拉伯文写成的，不过伊斯兰教徒却认为《古兰经》的存在还在语言之前。当然，我也读到过这样的说法，这一派人士不认为《古兰经》是上帝亲笔所写，而认为《古兰经》具体呈现出所有上帝的特质，即他的正义、他的慈悲，以及他所有的智慧都可以在书中找到。

随后，这种天书的观念也传入了欧洲——我想，这样的观念也不完全是错误的。萧伯纳有一次被人问道（我好像常

---

1 Oswald Spengler（1880—1936），德国哲学家，代表作为《西方的没落》（*The Decline of the West*），他相信西方已经度过"文化"的创造阶段，进入反省与物质享受的阶段，而未来只能是无可挽回的没落阶段。此书对社会理论的研究贡献甚大。

常引述他的事迹），《圣经》究竟是不是圣灵的作品呢？萧伯纳回答："我觉得圣灵写过的书不只是《圣经》而已，而是所有的书。"当然啦，圣灵要写下所有的书是很难的——不过，我认为所有的书的确都值得你来阅读。我想，荷马在与灵感交谈的时候也是这个意思。这也是希伯来人与弥尔顿的观念，他们认为圣灵的殿堂是如此的圣洁，也是人类纯真的心灵所在。在我们比较不那么绮丽的神话里头，我们谈到了"下意识"（subliminal self），也就是"潜意识"（subconscious）。当然了，跟缪斯女神或是圣灵的文字相比，这些文字是有点粗野的。我们仍然要忍受我们当代的神话。因为其实这些文字在本质上都是相同的。

我们现在要谈论"经典"（classics）的概念。我必须承认，我认为书本并不真的是重要到需要我们精挑细选，然后还要我们迷迷糊糊地崇拜。不过书本真的是美的呈现。而书本也真的需要如此，因为语言是永远不断在变更的。我个人非常着迷于字源学，而我也要提醒各位一些非常有意思的字源（我非常确定各位懂得的字源学知识一定比我来得多）。

比方说，在英文里头有一个动词叫做"嘲笑"（to

tease）——这是相当调皮的字。这个字代表的是一种玩笑。在古英文里头，tesan 这个字的意思是"用剑伤害别人"，在法文里，navrer 的意思是"用剑刺穿别人的身体"。接下来我们要讨论另外一个古英文字 preat，你可以在《贝奥武甫》[1]开头的第一句找到这个字，这个字的意思是"一群愤怒的群众"——也就是说，这个字就是"威胁"（threat）的来源了。如此一来，字源就可以如此无止境地循环下去了。

不过现在就让我们来讨论一些特殊的诗句吧。我从英文里举例的原因是我个人对英国文学有特别的喜好——当然啦，尽管如此，我对英国文学的知识还是有所局限的。英文里头有例子：诗自己创造出自己。例如，我并不认为"生命的终止"（quietus）以及"锥子"（bodkin）这两个字有多美；相反的，我会说这两个字还有点粗俗呢。不过，只要我们想到这一句话，"而此时他自己尽可以自求解脱／只需一把小小的匕首"（When he himself might his quietus make/With a bare bodkin），我们又会

---

1 英雄史诗，古英语文学的最高成就，描写力气过人的大英雄贝奥武甫与喷火龙战斗的故事。

想到哈姆雷特说过的那一番伟大的话了[1]。因此，这些文字之所以为诗，是因为文字背后的情境——这些字眼在现代大概都没有人敢用了，因为这些字现在都成了大家喜欢引用的名言。

不过我们也有其他的例子，或许这几个例子还要更简单一些。就让我们引用一本全世界最有名的书的标题：《匪夷所思德拉曼查绅士堂吉诃德》[2]。Hidalgo 这个字在今日的涵义或许有它一定的威严，不过塞万提斯写下这个字的时候，hidalgo 这个字的确代表了"乡间绅士"的意思。至于堂吉诃德这个名字，其实是相当滑稽的，就像狄更斯小说里头的许多角色一样：匹克威克（Pickwick）、史威乐（Swiveller）、瞿述伟（Chuzzlewit）、退斯特（Twist）、史魁而（Sguears）、愧而普（Quilp），如此种种。接着我们会看到"德拉曼查"（de la Mancha）这几个字，这几个字出现在诗文当中听来或许会有点诗意，不过在塞万提斯写下这几个字的时候，他的用意或许是要让这几个字听起来有点像是"来自堪萨斯的堂吉诃德"这样的感觉（如果在座有人是来自堪萨斯的，我向你致

1　见莎士比亚《哈姆雷特》第三幕第一场第五十七至九十行。——原编者注
2　*Historia del ingenioso hidalgo Don Quijite de la Mancha*，《堂吉诃德》全名。

歉）。这样子你应该可以了解这些字的意思有了多大的改变，还有这些字也因此变得多么尊贵了吧。你也看到一个奇怪的事实：也就是因为塞万提斯这个老兵作家开了"拉曼查"（La Mancha）这么一个无伤大雅的玩笑，现在却使得"拉曼查"成了文学史上流传最为久远的字眼之一。

我们现在来举另外一个诗也面临了改变的例子。我现在想到的是一首由罗塞蒂[1]所写的十四行诗，这首诗的标题名叫《涵盖一切》（*Inclusiveness*）。因为比较不那么美，所以也比较没那么受人注目。这首诗是这么开头的：

> 男人注视沉睡中的小孩时在想些什么？
>
> 而这张脸注视父亲冰冷的脸又在想些什么？
>
> 或许他是忆起母亲亲吻他的双眸，
>
> 在他父亲追求母亲的时候，她的吻该有多柔？[2]

1　Dante Gabriel Rossetti（1828—1882），英国诗人、画家。提倡忠于自然，主张用笔工细和户外写生，把诗、绘画和社会理想三者结合起来，并推崇理想化的中世纪艺术，热衷于传说文艺，致力于改造工艺美术。

2　罗塞蒂《涵盖一切》第二十九首十四行诗，收录于《罗塞蒂诗选》（Rossetti, *Poems*）第一版（伦敦：爱丽丝出版社，一八七〇年），第二百一十七页。——原编者注电影的问世也教导了我们迅速跟随影像的本事，所以我想这几行诗在今日读来，或许还比八十年前刚完成的时候更为鲜明吧。在第一行诗里头，"男人注视沉睡中的小孩时在想些什么？"我们看到了一位父亲俯身注视沉睡中小孩的脸。在第二行里头，就像是在一出好电影里我们会看到的影像转换技巧一样：我们看到了孩子的脸俯在面生的父亲脸上。或许我们近来在心理分析领域的研究让我们对这几行诗更为敏感吧："或许他是忆起母亲亲吻他的双眸／在他父亲追求母亲的时候，她的吻该有多柔？"当然，在这里我们可以感受到英文母音的温柔，像是"沉思"（brood）、"追求"（wooed）这几个母音的美感。"追求"这个字的美感就在字面的本身——不在于"追求她"，就单单只是"追求"而已。这个文字本身就已经余韵无穷了。

不过也有其他形式的美。我们就举一个曾经相当普遍的形容词吧。我不懂希腊文，不过我觉得希腊文真的很 oinopa pontos，翻译成普通英文的话就是"暗酒色的大海"。我料想"暗"（dark）这个字是为了要让读者更容易明了才偷偷放进来的。或许这句话的翻译应该是"如酒般的大海"，或是其他类似的意思。我可以确定荷马（或是其他许多记录荷马的作家）在写下这句话的时候，他们脑子里想的就是大海；这个形容词用得相当直接。不过到了现代，在我们尝试过了这么多花哨的形容词之后，如果我或是任何一位在座的仁兄也写了"暗酒色的大海"这样的一首诗，这就不只是重复希腊人当初写过的诗了。相反的，这就是重返传统了。当我们讲到"暗酒色的大海"的时候，我们想到的是荷马以及他和我们之间长达三千年的差距。所以尽管写下的字或许有所雷同，不过当我们写下"暗酒色的大海"这样的诗句时，我们其实还是写了一些跟荷马当初完全不同的东西。

照此说来，语言是会转变的；拉丁人都知道这一点。而且读者也在转变。这就带领我们回到了希腊人一个古老的隐喻——这是一个比喻，或许也是一个事实，就是没有人能够把脚放到同样的河水里头两次。我想，这里面是有点恐惧的成分在。一开始我们很容易会想到河流是流动的状态。我们会想："当然啦，河水一直都在流动，因此河水也一直都在改变。"[1]接

---

1 赫拉克利特，残篇第四十一篇，参见《赫拉克利特〈论自然〉残篇》，英格拉姆·拜沃特翻译（巴尔的摩：N·默里出版社，一八八九年）。也可参见柏拉图《克拉底鲁篇》402a，以及亚里士多德《形而上学》，101a, n3。——原编者注

下来，我们心中可能会涌现一股畏惧，我们感受到了我们也在改变——我们跟河水一样也一直都在改变，也很容易幻灭。

无论如何，我们都毋须太过担心经典作品的命运，因为美是永远与我们同在的。我要在此引用另外一首由勃朗宁[1]写的诗，他在现代或许已经是一位遭到大家遗忘的诗人了。他说道：

> 就当我们处在最安逸的时刻，我们会感受到一股夕阳般的温暖，
>
> 一种对花钟的遐想，有人过世了吧，
>
> 就像是欧里庇得斯悲剧中歌舞团的结尾一样。[2]

这首诗的第一行就已经充分地告诉了我们："就当我们处在最安逸的时刻……"也就是说，美就在身边围绕着我们。或许是以电影的形式呈现在我们面前；或许是以某种通俗歌曲的形式；我们

1　Robert Browning（1812—1889），维多利亚时期最杰出的诗人之一，其写诗的天才突出表现于运用戏剧独白，来写作富于感染力的叙事诗与细致的人物心理描绘。

2　见勃朗宁的《布罗格拉姆神父致歉》（*Bishop Blougram's Apology*），第一百八十二至一百八十四行。——原编者注

甚至可以在伟大或是知名作家的作品中找寻到这种感觉。

　　既然我刚刚提到了一位教导过我的已逝大师拉斐尔·坎西诺斯-阿森斯（这好像已经是你们第二次听到他的名字了；我自己也不太清楚为什么现在没有人读他的作品）[1]，我记得坎

1　博尔赫斯的诗《献给拉斐尔·坎西诺斯-阿森斯》(*To Rafael Cansinos-Asséns*)，是这么说的：

> Long and final passage over the breathtaking height of the trestle's span.
> At our feet the wind gropes for sails and the stars throb intensity.
> We relish the taste of the night, transfixed by
> darkness-night become now, again, a habit of our flesh.
> The final night of our talking before the sea-miles part us.
> Still ours is the silence
> where, like meadows, the voices glitter.
> Dawn is still a bird lost in the most distant vileness of the world.
> This last night of all, sheltered from the great wind of absence.
> The inwardness of Good-bye is tragic,
> like that of every event in which Time is manifest.
> It is bitter to realize that we shall not even have the stars in common.
> When evening is quietness in my piano,
> from your pages morning will rise.
> Your winter will be the shadow of my summer,
> and your light the glory of my shadow.
> Still we persist together.
> Still our two voices achieve understanding
> like the intensity and tenderness of sundown.

本诗由罗伯特·菲茨杰拉德（Robert Fitzgerald）翻译，摘录自《博尔赫斯诗选：1923—1967》，诺曼·托马斯·迪·乔凡尼编（纽约：德拉科特出版社，一九七二年）第一百九十三页，第二百四十八页。——原编者注

西诺斯－阿森斯写过一首很棒的散文诗[1]，他在诗中请求上帝保佑他，把他从美中拯救出来，因为，他如此说道："这个世界已经有太多的美了。"他觉得美已经征服世界。虽然我自己也不知道我是不是个快乐的人（我希望自己在六十七岁人生成熟的年纪达到真正的快乐），也依然觉得美的确环绕着我们。

　　一首诗是不是出自名家之手，这个问题只对文学史家显得重要。为了方便讨论的缘故，让我们假设我已经写下一行相当美的诗；让我们就以此为前提来讨论吧。一旦我写下这一行诗，这一行诗对我来说就一点也不重要了，因为，正如我所说过的，这一行诗是经由圣灵传到我身上的，从我的潜意识自我中浮现，或许是来自其他的作家也不一定。我常常会觉得，我只不过是在引用一些我很久以前读过的东西，写下这些东西不过是重新发掘。也许诗人都藉藉无名的话，这样子还会好一点。

　　我谈到了"暗酒色的大海"，而且既然我的兴趣是古英文（如果各位有勇气或是有耐心还来听我其他演说的话，我很

1　Prose verse，散文中有明显却不具规则的节拍，并广泛运用比喻文字与意象，也就是借用诗的节奏与意象加以充实的散文体。

担心各位还会接受到更多古英文的摧残），我也要回顾一些
我觉得相当美的古英文诗句。我会先用当代英文说一次，然
后我还会再用九世纪较为僵硬、母音也比较长的古英文再说
一次：

白雪自北方飘落；

冰霜覆盖了旷野；

冰雹覆满了大漠，

这种子最为冷冽。

Norpan sniwde

hrim hrusan bond

hægl feol on eorpan

corna caldast.[1]

---

1 《航海家》(*The Seafarer*)，艾达·戈登编（曼彻斯特：曼彻斯特大学出版社，
一九七九），第三十七页，第 31b—33a 行。博尔赫斯在"冰霜覆盖了旷野"(rime
bound the fields) 这句话的翻译中省略了原文中重复出现的"大地"(earth)。
如果依照原文逐字翻译的话，这句话应该是"冰霜覆盖了大地"(rime bound
the earth)。——原编者注。

这让我们再度回到我所说的荷马：当大诗人写下这几行诗的时候，他只不过是记录下发生过的事而已。这种情形在公元九世纪当然是相当奇怪的，因为当时的人都是用字源、寓言意象等种种来思考的。而他只不过是诉说一些非常稀松平常的事情而已。不过在我们现在读到这首诗的时候，

　　　　白雪自北方飘落；

　　　　冰霜覆盖了旷野；

　　　　冰雹覆满了大漠，

　　　　这种子最为冷冽……

这里面可是诗中还有诗的。这首诗是由一位默默无闻的撒克逊人在北海岸边所写下的——我想大概是在诺森伯兰写的吧；这几行诗是如此的直接、如此的坦率、如此的哀戚，经过了几个世纪流传给了我们。我们现在就有两种情况了：其中一个就不用我多说了，这种情况是时间贬低了诗的价值，文字随着时间也失去了它的美；另外一种情况就是时间的流逝不但没有降低诗的评价，反而更丰富了诗的内涵。

我打从一开始就谈过诗的定义了。总结说来，我要说的是我们都犯了一个常见的通病，我们常会因为无法为某些东西下定义，就说我们对这些事情一无所知。我们如果是处在一个切斯特顿[1]式的情绪下（我认为这是最佳的情绪状态之一了），我或许会说我们只有在完全一无所知的情况下，才能为某些事情下定义。

　　例如，如果要我为诗下定义的话，这件事会让我忐忑不安的。如果我自己也是一知半解的话，我就会说出这样的话："透过文字艺术化的交错处理，诗可以表达出美的事物。"对于字典或是教科书来说，这个定义或许已经是一个不错的答案了，不过我们还是会觉得这样的定义未免过于薄弱。应该还要有其他更重要的东西——就是一种不但能够鼓舞动手写写诗，还要让我们心领神会的感觉。

　　这就是我们所知道的诗。我们对诗可以说是已经知之甚

1　Gilbert Keith Chesterton（1874—1936），英国批评家、诗人与散文家，以精力充沛和体型矮胖著称。他的散文俏皮而隽永，他的小说也得到许多读者的爱好。最成功的作品是以布朗神父为主角的一系列侦探小说。本文中切斯特顿式的心境，即是活力充沛、俏皮隽永的风格。

详，我们无法用其他的文字来为诗下定义，这就像我们无法为咖啡的味道下定义，或是无法为红色黄色，无法为愤怒、爱与仇恨，或是日出日落，还有对国家的爱来下定义一样。这些东西的感受已经深藏在我们的内心当中，这些感受只有通过我们共有的符号来表达。既然如此我们干吗还需要其他的文字？

你或许对于我所举的例子无法苟同。或许我明天会想到更好的例子也不一定，或许我应该引用另外一段文字才是。不过既然各位也都能随意地举例来理解，所以你们也就毋须太过在意我所举的荷马、盎格鲁－撒克逊诗人，或是罗塞蒂的例子。大家都知道要到哪里去找诗。当你读到诗的时候，你会感受到诗的质感，那种诗中特有的悸动。

总括来说，我引用了一句圣·奥古斯丁的话，我觉得这句话在这里引用相当的贴切。他说过："时间是什么呢？如果别人没问我这个问题的时候，我是知道答案的。不过如果有人问我时间是什么的话，这时我就不知道了。"[1]而我对诗也有

1　这段有名的话（Quid est ergo tempus？Si nemo ex me quaerat scio; si quaerenti explicare velim, nescio.）摘录自奥古斯丁《忏悔录》，11.14。——原编者注

同样的感觉。

　　我们通常是不太会对定义的问题感到困扰的。不过这次我真的是茫然无知了，因为我对抽象式的思考一点都不在行。不过在接下来的讲座当中——如果你们还受得了我的话——我会举一些比较具体的例子。我会谈谈隐喻，谈谈文字中的音乐，谈谈诗是不是有可能翻译，以及说故事的方法——也就是说，我会谈到史诗，谈到这种最古老、也或许是最英勇的一种诗体。不过我会做出什么结论呢，就连我自己现在也都还不知道。我最后会以一场名为"诗人的信条"的演讲作为我整个讲座的总结，我会在那场演讲中为自己的生涯辩护，也会让在座一些对我有信心的来宾放心，接下来的讲座不会再像今天第一场这样既笨拙又零散了。

第二讲　隐　喻

　　既然今晚演讲的主题是隐喻，那么我也就列举一个隐喻作为今晚的开场白好了。我首先要引用一个来自远东地区的隐喻，这个隐喻大概是从中国来的吧。如果我没记错的话，中国人把这个世界叫做"十方世界"（the ten thousand things），也有人叫做"十方人间"（the ten thousand beings）——这完全取决于翻译者的品味与想象。

　　我想，我们或许可以接受仅仅把整个世界预估为一万大小的保守估计。当然这个世界绝对有一万只以上的蚂蚁，一万个以上的人类，一万个以上的希望、恐惧与梦魇。不过只要我们接受一万这个数目，如果我们都能了解所有的隐喻都是建立在两个不同事物的连结之上，如此一来，只要我们有时间的话，我们几乎就可以创造出许许多多数也数不尽的隐喻。我已经忘记我学过的代数了，不过我知道这个总数应该是一万乘上九千九百九十九，再乘上九千九百九十八，再以此类推乘下去。这些可能的组合当然不是真的无穷无尽，不过这些组合变化却能激发出我们的想象。所以我们可能会先这么想：究竟为什么全世界的诗人，还有历代以来的诗人，都只会运用这些雷同并且制式的隐喻呢？不是还有许多可能的排列组合可以运用吗？

阿根廷诗人卢贡内斯[1]大概在一九〇九年写到，他认为诗人总是只会引用那些一成不变的隐喻，而他自己就想尝试一下，发明几个跟月亮有关的隐喻。事实上，他也真的想出了好几百个跟月亮有关的隐喻。他也曾在一本名为《感伤的月历》[2]的诗集的序言里说过，每一个字都是死去的隐喻。当然

1　Leopoldo Lugones（1874—1938），阿根廷诗人、文学评论家，以尼加拉瓜诗人达里奥为首的现代主义实验诗人集团中的活跃成员，擅用现实主义风格创作民族题材。

2　卢贡内斯是二十世纪初阿根廷的大作家，早年是个现代主义者，他的《感伤的月历》（*Lunario sentimental*）（布宜诺斯艾利斯：莫恩出版社，一九〇九年）是一本以月亮为主题的诗歌、短文以及剧本的精选集；本书出版时曾经引起舆论愤慨，因为此书打破了业已建立的高知识现代主义精神，也嘲讽了喜爱这种品味的读者。卢贡内斯是博尔赫斯作品当中经常引述与评论的作家。请参阅《博尔赫斯作品全集》第四卷（布宜诺斯艾利斯：埃梅塞出版社，一九五五年）中《莱奥波尔多·卢贡内斯〈耶稣会帝国〉》一文。卢贡内斯在此书中被描述成"一位具有根本信仰与热情的人"。——原编者注

啦，就连这句陈述本身也是个隐喻。我们也都知道，有些隐喻死气沉沉，不过有的就活力十足了。我们如果查阅一本好的词源词典的话（我想到了一位默默无闻的老朋友，斯基特博士[1]），查阅任何一个词，都一定会找到一个在某个地方就已经卡死的隐喻。

比方说——在《贝奥武甫》开头的第一句你就可以找到这一个词——preat，这个词原本的意思是"愤怒的群众"（an angry mob），不过我们现在使用这个词的时候采用它后来演变出来的意思，而不是最初的意思。接着我们会看到"国王"（king）这个词。"国王"这个词最原始的词根是 cyning，意思是"为同胞、为百姓挺身而出的人"。所以，从词源上来说，"国王"（king）、"亲戚"（kinsman），以及"男士"（gentleman）这几个词都是同样的词。不过，如果我说"国王就在他的账房里数着他的钱"，我们不会把这个地方的"国

---

1 博尔赫斯此处提到的是沃尔特·W·斯基特牧师（Reverend Walter W. Skeat）所编著的《英语词源词典》（*An Etymological Dictionary of the English Language*），本书于一八七九至一八八二年间首度于英国牛津出版。——原编者注

王"当成是个隐喻。事实上，如果我们深入地抽象思考的话，还必须得抛弃文字也都是隐喻的观念。比如说我们就得忘记"考虑"（consider）这个词有天文学方面的暗示——"考虑"原本的意思是"与星星同在"或是"绘制占星图"。

我应该这么说，隐喻重要的是产生的效果，也就是要让读者或是听众把隐喻当隐喻看的效果。我必须要稍微限定一下我今天的演讲范围，我要讲的是那些被读者当成隐喻看待的隐喻。而不是"国王"、"威胁"那些词源上的隐喻——因为如果我们继续钻研这些词的词源的话，这一追究下去就没完没了了。

首先，我要先举几个惯用的比喻模式。我选用"模式"（pattern）这个词的用意，是因为我即将采用的隐喻跟大家想象中的一定很不一样，不过对于会用逻辑思考的人来说，却几乎是换汤不换药。所以我们或许可以说这些隐喻其实也是半斤八两吧！就让我谈谈我脑子里第一个想到的隐喻吧。我们先谈谈一个老套的隐喻，这大概也是最为悠久的隐喻，那就是把眼睛比喻成星星，或者是反过来把星星比拟成眼睛的隐喻。我所想到的一个最早引用这个隐喻的来源是希腊作品选[1]，我想这个比喻应该是柏拉图所写的。我不懂希腊文，不过这句话大概是这么说的："我希望化为夜晚，这样我才能用数千只眼睛看着你入睡。"当然，我们在这一句话里感受到了温柔的爱意；感受到希望由许多个角度同时注视挚爱的人的希望。我们感受到了文字背后的温柔。

我们再来列举另外一个例子，这个例子就没那么有名了："天上的星星正往下看。"不过如果我们仔细推敲思考的话，我们所得到的隐喻其实还是同样的一个。不过这两个隐喻留给我们的印象就很不一样了。"天上的星星正往下看"这句话并不会让我们感受到温柔；相反的，这个比喻留给我们的印象是男人一代接着一代辛勤地劳作，以及满天星空傲慢冷漠的注视。

---

1 我们今日知道的希腊作品选大约收录了三百名作家的四千五百多首短诗，代表了希腊自公元前七世纪至公元十世纪的文学作品。这些作品主要被收录在两个版本的精选集里，而收录的内容也会有重复之处。一本是帕拉丁版文选（Palatine Anthology）（该版本于十世纪时完成，取这个名字的原因就是因为这本书存放的地点就是海德堡的帕拉丁图书馆），另外一个版本是普拉努得斯版文选（Planudean Anthology）（该版本可追溯至十四世纪，以该选集的编辑，同时也是修辞学家的马克西姆斯·普拉努得斯〔Maximus Planudes〕的名字命名）。普拉努得斯版的希腊文选一四八四年于佛罗伦萨出版；帕拉丁版的希腊文选则是在一六〇六年重新被人发掘。——原编者注

让我再举另一个不同的例子吧——这是一节最能振奋我的诗。这几行诗取自切斯特顿所写的一首名为《第二个童年》(*A Second Childhood*) 的诗：

我不会活到老得看不见壮阔夜色升空，

天边有一片比世界还大的云

还有一个由眼睛组成的怪兽。[1]

我说的不是长满眼睛的怪兽（读过《圣经·启示录》的人都知道这种怪兽）——这里的怪兽更恐怖——是一种由眼睛组成的怪兽，眼睛就好像是组成这些怪兽的生理组织。

我们已经看过三种如出一辙的意象。不过我要强调的重点是——这是我这次演讲的两大重点之一——虽然这些比喻都很雷同，不过在我的第一个例子里，这位希腊诗人说"我希望化为夜晚"，诗人要我们感受的是他的温柔还有他的焦

---

1 切斯特顿的《第二个童年》收录于《切斯特顿诗选》(*The Collected Poems of G. K. Chesterton*)（伦敦：塞西尔·帕尔默出版社，一九二七年），第七十页（第五节）。——原编者注

虑；在第二个例子中，我们感觉到我们看到一种对人类超凡的冷淡；在第三个例子里，稀松平常的夜晚也可能会变成梦魇。

让我们再列举另外一个不同的典型吧：我们来讨论时光流逝的观念吧——就是把时光的流逝比喻成河流这样的观念。第一个例子取自丁尼生[1]大概在十三四岁时写的诗。他后来毁掉了这首诗；不过很幸运地，其中的一行诗还是流传了下来。我想你们大概可以在安德鲁·朗格所写的丁尼生传记[2]中找到这段典故。这行诗是这么说的："时光在深夜中流逝。"（Time flowing in the middle of the night.）我觉得丁尼生在时间点的选择上非常的聪明。世界万物都在夜色中沉静了下来，人们也都还睡梦方酣，不过时间却依然无声无息地流逝。这是一个例子。

---

1 Alfred Tennyson（1809—1892），英国维多利亚时代最杰出的诗人之一。其诗开阔庄严、用词确切、声韵和谐。诗歌《尤利西斯》与《悼念》为其代表作。
2 安德鲁·朗格（Andrew Lang）的《阿尔弗雷德·丁尼生》（Alfred Tennyson）第二版（爱丁堡：布莱克伍德出版社，一九〇一年）。他谈到的这首诗实际上是出自于丁尼生的《秘密》（The Mystics），于一八三〇年出版。——原编者注

有一本小说叫做《流水年华》[1]，我想各位大概也已经想到这本书了。单单把这两个词摆在一起就可以点出当中的隐喻：时光与流水，两者都是会流逝的。接下来我要举的例子是一位希腊哲学家的名言："没有人能够把脚放进同样的水中两次。"[2]我们开始在这句话里感受到恐惧，因为我们一开始会先想到源源不断的河流，而且也想到了每一滴河水都不一样。然后我们会想到，我们就是那河流，我们就像那河流一般一去不回头。

我们来看看曼里克[3]的这几行诗：

我们的生命宛如那流水

注入那大海

了然无生气。[4]

---

1 《流水年华》（*Of Time and the River*），托马斯·沃尔夫（Thomas Wolfe）著，于一九三五年初版发行。——原编者注

2 参见第十七页注。——原编者注

3 Jorge Manrique（1440—1479），西班牙诗人。

4 引自豪尔赫·曼里克的《曼里克之圣杯》（*Coplas de Manrique*）第三节，第二十五至三十行。——原编者注

这几句诗翻成英文并不令人惊艳；我很希望我能记得住朗费罗[1]是怎样把这个概念在他翻译《曼里克之圣杯》[2]一诗时运用出来（我们大概还要另外办一场演讲才能够把这个问题说清楚）。不过，在这个公式化的隐喻背后，我们当然还是感受到了文字庄严肃穆的音韵：

> 生命如流水，自由奔放
>
> 潜入那深不可测、无边无际的海洋，
>
> 这是座寂静的坟哪！
>
> 人间所有的浮华虚荣都在这里
>
> 澎湃汹涌，也都将被吞没，消弭

1　Henry Wadsworth Longfellow（1807—1882），十九世纪最著名的美国诗人，翻译作品非常流畅，译过但丁的《神曲》。其代表作为《生命颂》与《群星之光》。
2　朗费罗是这么翻译这首诗的：
　　Our lives are like rivers, gliding free
　　To that unfathomed, boundless sea,
　　The silent grave!
　　Thither all eathly pomp and boast
　　Roll, to be swallowed up and lost
　　In one dark wave.
　　　　　　　　　　　　——原编者注

在这黑暗的波涛中。

不过在这几个例子当中，这个隐喻几乎还是一模一样的。

现在我们还要讨论一些老掉牙的东西，一些大概会让你发笑的东西，这就是把女人比喻成花朵，以及把花朵比喻成女人的暗喻。当然，我们可以轻而易举地找到许多这样的例子。不过我这里想要援引的是一部未完成的大师作品（各位对这部作品或许就不大熟悉了），这首诗就是罗伯特·路易斯·斯蒂文森[1]所写的《赫米斯顿的韦尔》（*Weir of Hermiston*）。斯蒂文森提到他的故事主角到了一所位于苏格兰的教堂，他在那里邂逅了一位女孩——我们都预料到这位女孩一定是一位可爱的女孩。我们大概也都猜到了这个男孩就要爱上这位女孩了。他注视着她，然后心中想，在这美丽的外表下会不会也有一颗不朽的心灵呢，或者这个女孩只不过是貌如花娇的畜生罢了。当然，"畜生"（animal）这样一个粗鲁的字眼会被"貌如花娇"（the color of flowers）这样

1　Robert Louis Stevenson（1850—1894），英国著名的冒险故事与散文作家，作品种类繁多、构思精巧，代表作为《金银岛》、《化身博士》。

的形容词所破解。我不觉得我们还需要列举其他同样类型的比喻来作说明，这样的例子在所有的时代，在所有的语言，以及在所有的文学作品里头都可以找得到。

现在就让我们再来讨论另外一个经典的比喻类型：这就是人生如梦这样的隐喻模式——也就是常在我们心中涌现的人生宛如一场梦的感受。我们最常碰到的例子就是："我们的本质也如梦一般。"（We are such stuff as dreams are made on.)[1] 虽然我这样说好像是在亵渎莎士比亚——我太热爱莎士比亚了，我才不管别人怎么想呢——不过我却觉得如果我们再仔细瞧瞧这个地方，在人生如梦或是人生有梦的这种说法，或者像是"我们的本质也如梦一般"等诸如此类声势惊人的说法当中，似乎有一点小小的矛盾（不过我却也不认为我们需要这么深入地检视这个句子；我还应该感谢莎士比亚在这个句子以及其他作品当中展现的天赋呢）。不过如果我们真的是在做梦的话，或是如果我们只不过是成天做着白日梦，我很怀疑我们还会不会做出如此声势惊人的陈述了。莎士比亚

1　引自莎士比亚《暴风雨》（*The Tempest*）第四幕第一场。——原编者注

的这一句名言其实不该属于诗的范畴，而应该属于哲学或是形而上学了——即使从上下文来看，这句话也足以提升到诗歌的层次了。

另外一个同样模式的比喻来自一位伟大的德国诗人——这是一位才气不及莎士比亚的小诗人。（不过，我觉得大概除了两三个大师之外，所有的诗人在莎士比亚面前也都只能算是小诗人而已。）这是由瓦尔特·冯·德·福格威德所写的一句名言。我很怀疑我中学时学的德文还剩下多少，各位请见谅，我想这句话应该是这么说的吧："我是梦到了我的人生，抑或这就已经是真实的人生了吧？"[1] 我认为这句话是比较接近诗人真正要说的话，因为在这样惊人的名言背后，我们还是有个疑问的。诗人不断地在思考。这样的经验都曾发生在

1　福格威德(约1170—1230)是一位中世纪德国诗人，古诗人的十二"门徒"之一。这首《哀歌》(*Die Elegie*) 的前三行是这么说的：

　　Owêr sint verswunden

　　ist mir mîn leben getroument,

　　daz ich ie wânde ez wære.

　　福格威德《诗歌：中世纪德语文本与评述》，皮特·瓦普涅夫斯基编（法兰克福：费舍尔出版社，一九八二年），第一百○八页。博尔赫斯引用的段落部分采用中世纪德文，部分引用现代德文。——原编者注

我们身上，只不过我们没有像福格威德这样子把话说出来而已。他在扪心自问："我是梦到了我的人生，抑或这就已经是真实的人生了吧？"我认为，这样的迟疑更增添了这句话当中梦幻般的人生特质。

我不记得在上次的演讲中我是不是引用过中国哲学家庄子的名言（因为这是一句我经常引用的名言，我一辈子都在引用这一句话）。庄子梦到了他幻化成蝴蝶，不过在他醒过来之后，反而搞不清楚是他做了一个自己变成蝴蝶的梦，还是他梦到自己是一只幻化成人的蝴蝶。[1]这样子的一个比喻是我觉得最棒的一个了。首先，这个比喻从一个梦谈起，所以接下来当他从梦中醒来之后，他的人生还是有梦幻般的成分在。其次，他几乎是怀着不可思议的兴奋选择了正确的动物作为隐喻。如果他换成这样说："庄子梦虎，梦中他成了一头老虎。"这样的比喻就没有什么寓意可言了。蝴蝶有种优雅、稍纵即逝的特质。如果人生真的是一场梦，那么用来暗示的最佳比喻就是蝴蝶，而不是老虎。如果庄子梦到了自己成了一

---

1 原文为："不知周之梦为蝴蝶与？蝴蝶之梦为周与？"

台打字机，这样的比喻同样不太好。或是成了一头鲸鱼——这样的比喻也一样不好。我认为庄子在选择表达观念的措词上是挑选到一个最适当的词汇了。

我们再来讨论另外一个典型吧——这就是最常把睡眠跟死亡连结在一起的比喻。这种说法即使在平日的对话当中也常常见得到；不过如果我们硬要找出几个例子的话，还是会觉得这些例子仍有很大的差别。我记得荷马不晓得在什么地方曾经说过"钢铁般沉睡的死亡"（iron sleep of death）[1]。他在这个句子里给了我们两个相反的观念：死亡即是永眠，不过这样的长眠是由一种坚硬、冷酷、残忍的金属——钢铁所构成的。这是一种打不破也碎不了的长眠。当然，海涅也曾说过："死亡犹如夜幕初垂。"（Der Tod daβ ist die frühe Nacht.）不过既然我们现在就在北波士顿演讲，我想我们

1　荷马索引列举了九十一则关于"睡眠"的典故，不过却没有提过荷马有使用过"钢铁般沉睡的死亡"这样的隐喻。博尔赫斯可能想到的是维吉尔的《埃涅阿斯纪》，约翰·德莱登（John Dryden）把这句话翻译成"愿你有个阴惨的梦，而他的是钢铁般的睡眠"（Dire dreams to thee, and iron sleep, he bears）（卷五，第一〇九五行）；"他愚蠢的双眼承受的是钢铁般的睡眠"（An iron sleep his stupid eyes oppress'd）（卷十二，第四六七行）。——原编者注

必定都记得罗伯特·弗罗斯特[1]这首大家都耳熟能详的名诗：

> 这里的树林是如此可爱、深邃又深远，
>
> 不过我还有未了的承诺要实现，
>
> 在我入睡之前还有几里路要赶，
>
> 在我入睡之前还有几里路要赶。[2]

这几行诗写得实在太棒了，好到几乎不会让我们想到诗中使用的技巧。不过，很不幸的是，所有的文学无不是由种种技巧所构成的。长时间下来，这些诡计都会被识破。接着读者便会感到厌烦。不过在这首诗中，技巧的使用是如此精致，我都觉得如果硬把这样的手法称之为技巧的话，那么我都要为自己感到羞愧了。因为弗罗斯特在这首诗当中

---

1 Robert Frost（1874—1963），美国诗人，作品中充满了大量对宗教与大自然的思考，富有神秘色彩。主张在诗中以普通人的口语抒发感情。博尔赫斯在演讲中提到他在北波士顿演讲，所以要顺便提到弗罗斯特，其典故乃因弗罗斯特即有一本诗选名为《波士顿以北》。

2 罗伯特·弗罗斯特《雪夜林畔小驻》第四节第十三至十六行。——原编者注

相当大胆地尝试了一些技巧。这首诗最后两行的每一个字都一模一样，整整重复了两次，不过我们对这两句话的体验却完全不一样。"在我入睡之前还有几里路要赶"：这仅是物理层次上的感受——这边的里程是空间上的里程，是在新英格兰的一段路程，而这里的睡眠说的也真的就是睡眠。这句话第二次出现的时候——"在我入睡之前还有几里路要赶"——我们会感觉到这边的里程已经只是空间上的里程，而且还是指时间上的里程，而这边的"睡眠"也就有了"死亡"或是"长眠"的意味了。要是诗人果真唠唠叨叨地说了这么多的话，诗的效果一定会大大地减弱。因为，就我所知，暗示比任何一句平铺直叙的话都还要来得有效力。或许人们心中总是有点不爱听人训话的倾向吧！记得爱默生就讲过：争论无法说服任何人。其原因就在于你一开始就摆明着要争论的态势了。然后我们又常会再三检视、再三估量，我们会把事情从头到尾都看过，然后才决定要怎样来争论。

有些事如果只是一语带过的话——或者更棒的是——用暗示的方法，我们的想象空间就比较能够接受了。我们可以接受这样的观念。我记得三十年前我读过马丁·布贝尔[1]的作品——我认为这些诗都是相当优秀的作品。接着我又到布宜诺斯艾利斯去，也读了我一位朋友杜乔芬[2]的书，让我相当惊异的是，我在他的书中发现马丁·布贝尔竟然也是一位哲学家，而所有他的哲学思考其实也都已经蕴藏在那几本我读过的诗集里。我会接受这些书的原因，或许就是因为这些想法都是通过诗篇传达给我的，或是通过暗示，通过诗的音乐，而不是通过争论而来。我想，在沃尔特·惠特曼的有些作品中也可以找到类似的说法：一种理论反而不具说服力。我想他大概是在一篇谈及他看见一片夜色，观看寂寥的几颗大星星的时候谈到了这点，这种情况比起单单的争论还更具说服力。

我们或许也可以找到其他比喻的模式。就让我们再举另外一个例子吧！这个例子大概就不像其他我举的例子那么稀松平常了，是有关战争与火的比喻。在《伊利亚特》中，我

---

1 Martin Buber (1878—1965)，德国犹太宗教哲学家，《圣经》翻译家，将全本《圣经》从希伯来文翻译成德文，并保有原文风格。布氏深受尼采影响，为二十世纪精神文化中最有影响力的人物之一。

2 杜乔芬（León Dujovne）其他成就还包括将《创造之书》(*Sepher Yetzirah*) 从希伯来文翻译成西班牙文。——原编者注

们找到了战争如战火的比喻。在费尼斯堡[1]几段描述英勇事迹的残篇中我们也可以找到雷同的说法。我们在这些残篇中找到了丹麦人英勇奋战北荷兰人的事迹，谈到武器进出的火花、刀剑与盾牌，以及其他种种。接着作家又说，仿佛整个费尼斯堡都起火燃烧，就仿佛是整座芬兰城都起火燃烧一样。

我想我还遗漏了许多极为普通的比喻模式。目前为止我已经介绍过眼睛与星星，女人与花朵，时间与河流，生命与梦，死亡与睡眠，火与战火。如果我们有充分的时间，学识也够渊博的话，我大概还可以再找到其他半打以上的例子，不过我方才举过的例子大概就已经涵盖大部分文学作品的隐喻了。

我的重点不在于这些隐喻类型为数不多，重要的是，光是这几个隐喻模式几乎就已经足够演变出无穷无尽的变化了。有些读者的心中只关心诗而不在乎诗学理论，他们可能会读到"我希望幻化为夜晚"这样的诗，比如说他可能还会接着

1　参阅《贝奥武甫》以及《费尼斯堡残篇》（*The Finnesburg Fragments*），由约翰·R·克拉克·霍尔（John R. Clark Hall）翻译为现代英文（伦敦：艾伦与昂温出版社，一九五八年）。——原编者注

读到"由眼睛组成的怪兽"或者是"天上的星空往下注视"等诗句，却可能从来都没想过这几句诗其实都可以追溯到同样的一个模式。如果大胆一点地假设，我当然也可以说，比喻的模式实际上只有十几个而已，而所有的比喻也只不过是任意变换的文字游戏（不过我并不会如此胆大妄为；我的思考其实是相当谨慎的，我一直都在摸索自己的路）。这一点也可以强化我刚刚说过的论点，也就是中国人所说的，在"十方世界"当中，也只找得到十几个根本的原则而已。当然了，你永远都可以找到其他更为惊人的组合变化，不过这样的惊奇通常也都不会延续太久。

我想到我刚刚还遗漏了一则关于人生如梦的比喻，这个比喻很棒。我想我现在想起来了：这是一首美国诗人肯明斯[1]所写的诗。这首诗只有四行。我首先一定要先为此致歉。这首诗很明显是一个年轻人写的，诗描写的对象也是一个年轻人，像这样的诗就不是为我这种人写的了——我已经太老了，玩不起这样的游戏。这首诗的段落一定要完完整整地引用出

---

1 E. E. Cummings（1894—1962），美国诗人，善于嘲弄传统观念，笔调有时嬉笑怒骂，有时又婉约低回，经常使用街头语言，采取市井的材料创作。

来。第一行是这么说的："上帝峥嵘的面容，比起汤匙还要闪亮。"我很遗憾他在这里会用汤匙来比喻，因为大家都期待他会先引用剑、蜡烛、太阳，或是盾牌，或者是其他任何传统上大家想到会闪亮发光的东西；不过他接着说道："喔——毕竟我已经是现代人了，所以我是用汤匙来吃饭的。"所以他在这里就采用汤匙来比喻了。但是我们对他接下来说的话大概就要见谅了："上帝峥嵘的面容，比起汤匙还要闪亮，/综合了一个毁灭性字眼的意象。"我觉得第二行诗写得比较好。就像是我的朋友墨奇森（Murchison）告诉过我的，我们从汤匙当中常常可以找到许多的意象。我从来都没思考过他这句话，我已经被汤匙这个意象吓了一大跳，也不愿意再想得太多了。

> 上帝峥嵘的面容，比起汤匙还要闪亮，
>
> 综合了一个毁灭性字眼的意象，
>
> 因此我的生命（就像是那太阳与月亮）
>
> 也就模仿着一些从未发生过的事项。[1]

1　节录自肯明斯诗选《W》（W〔ViVa〕），一九三一年出版（出版时肯明斯还只有三十七岁）。博尔赫斯在此引用的是原著第三诗段的前四行。——原编者注

"模仿着一些从未发生过的事项"：这句话承担了一种怪异的单纯。我觉得，就是这种怪异的单纯意境才能带给我们梦幻般的生命本质。比起其他像莎士比亚与瓦尔特·冯·德·福格威德这样的大诗人，这种意境更能够传达出这样的意义。

当然了，我也只挑选了少数几个例子。我确定各位的脑海中一定装满了从记忆宝库挖掘出来的比喻——这些大概也都是一些大家可能会希望我引用的比喻。我知道在这场演讲之后我的心中一定会充满懊悔，我会想到我已经错失了许多美丽的比喻。当然你们也会在我身边提醒我，"为什么你会省略掉像是某某某这么棒的比喻呢？"我到那时又得要笨头笨脑地跟各位道歉了。

不过，我想我们现在或许可以谈谈那些跳脱老模式的比喻了。而且既然提到了月亮，我就要谈谈波斯人对月亮的一个比喻，这个比喻是我从布朗所撰写的波斯文学史读来的。我们就假设这是法里德·阿尔丁·阿塔尔[1]、欧玛尔·海亚姆、

---

1 Farid al-Din Attar（1142—1220），波斯诗人，最伟大的伊斯兰教神秘主义诗人与思想家之一。

哈菲兹[1][2]或是其他伟大的波斯诗人所说过的话吧。他谈到了月亮，他把月亮称呼为"时光的镜子"（the mirror of time）。从天文学的角度来看，我猜把月亮当成是一面镜子大概会是一个理所当然的想法吧——不过从诗人的角度看来，月亮跟镜子却八竿子也打不着。月亮究竟是不是一面镜子其实一点都不重要，因为诗人说话的对象是他的想象。那么就让我们把月亮当作镜子看吧。我觉得这是一个相当不错的比喻——首先，镜子的意象带给我们月亮光亮却又脆弱的感觉；其次，我们在想到时间的时候也会突然忆及，现在所欣赏的这轮明月是相当古老的，充满了诗意与神话典故，而且几乎跟时间一样的古老。

1　Hafiz（1325/1326—1389/1390），波斯最优秀的抒情诗人之一，其语言简朴，自然运用熟悉的形象与格言般的措词，作品颇受欢迎。

2　法里德·阿尔丁·阿塔尔为《Mantiq al-tayr》一书的作者，此书译名为《鸟儿大会》。由阿夫哈姆·达尔邦迪和迪克·戴维斯翻译（哈蒙兹沃思：企鹅出版社，一九八四年）。欧玛尔·海亚姆（Omar Khayyám）（十一世纪诗人）是《鲁拜集》的原作者，该书于一八八九年由爱德华·菲茨杰拉德（Edward FitzGerald）翻译成英文，而该英文版本之后也陆续成为许多语言翻译的对象。哈菲兹是《会议室》（Divan）一书的作者，由戈楚德·罗西恩·贝尔（Gertrude Lowthian Bell）自波斯文原著翻译（伦敦：奥克塔根出版社，一九七〇年）。——原编者注既然我引用了"跟时间一样古老"这样的句子，我必须还要援引另外一句话——这句话大概已经在你脑海中沸腾了。我已经想不起来作者的名字了。我记得这个比喻是吉卜林一本名为《四海之涯》(*From Sea to Sea*) 的不太为人所知的书当中所引用过的："一座如玫瑰红艳的城市，已经有时间一半久远。"如果诗人所写的是"一座如玫瑰红艳的城市，跟时间一样久远"，[1] 这种话他大概说了也是白说。不过"有时间一半久远"就给我们如同魔幻般那样的准确度了——这句话跟一句奇怪却又常见的英文拥有同样魔术般的准确，"我要永远爱你，而且还多一天"(forever and a day)。"永远"已经意味着"一段相当漫长的时间"了，不过这样的说法实在是太过抽象，不太能够激发大家的想象空间。

　　我们在这里看到的技巧（请原谅我采用这样的措词），

1　鲁德亚德·吉卜林：《四海之涯》（纽约：道布尔戴出版公司，一九一二年），第三百八十六页。这段引文出自于伯根副主教 (Dean Burgon) 的诗《彼得拉》(*Petra*)（一八四五年），此诗呼应塞缪尔·罗杰斯 (Samuel Rogers) 的诗作《意大利：再会吧》(*Italy: A Farewell*)（一八二八年）当中的"许多古寺都有时间一半久远"。——原编者注

跟《一千零一夜》这本世界名著采用的是同样的技巧。原因是"一千夜"原本就已经意味着"许多个夜晚"了，即使是"四十"，在十七世纪的时候也已经用来象征"许多"了。莎士比亚也写过"四十个冬天围攻你的容颜"[1]。我也想到了在一般的英文表达方式里，"眨四十次眼"就意味着"打盹"。因为在这里"四十"就已经代表了"许多"。在这里我们看到的是"一千零一夜"——类似于"玫瑰红的城市"与精密计算如"有时间一半久远"这样的表达方式，这样的表达方式当然会使得时间感觉起来更久。

为了能够兼顾到不同的比喻类型，我现在要回归到我最挚爱的盎格鲁-撒克逊文学——你大概会说我已经别无选择了吧！我记得最常见的一个双词技巧（kenning）[2]就是把大海称为"巨鲸之路"（the whale road）的说法。我在想这位不

1　莎士比亚，第二首十四行诗。——原编者注

2　复数形态为kenningar，是一种在单数名词使用的多重名词句型。双词技巧在古德文韵文当中常被普遍使用，特别是在吟唱诗人的作品中更是常见，在冰岛文学中较为罕见。博尔赫斯曾在他的《双词技巧》（该专文收录于《永恒史》）中不止一次讨论过，也收录于与巴尔加斯（María Esther Vásquez）合著的《中世纪日耳曼文学手册》（*Germanic Medieval Literatures*）（一九五一年）一书。——原编者注

知名的撒克逊人在发明这个双词技巧的时候，到底晓不晓得他这个发明有多么棒。我在想他是否也感受到，鲸鱼庞大的身躯其实也就暗示了大海的无涯（不过他有没有感受到跟我们也几乎没有什么关系）。

还有另外一个比喻——一个挪威文的比喻，是有关血的。有一个常见的双词技巧是把血比喻为"蛇之水"（the water of the serpent），在这个比喻中你会看到把刀剑比喻成本质邪恶的生命——我们在撒克逊人身上也发现了同样的比喻——刀剑嗜血，喝血就像喝白开水那样的贪婪。

接下来我们要讨论的是一个有关战争的比喻。其中有些地方还是相当老套的——比方说，"男人间的聚会"（meeting of men）就是一个例子。不过从这里头也许也找得到一些不错的比喻，像是把男人集合起来相互残杀的点子就是（这就好像是没有其他"聚会"形式的可能了）。不过我们也可以找得到"刀剑相会"、"刀剑互舞"、"盔甲碰撞"、"盾牌擦撞"等例子。所有这样的比喻全都可以在布鲁南堡（Brunanburh）之"赋"（Ode）当中找得到。这里还有一个不错的比喻："愤怒之聚会"（a meeting of anger）。或许是当我们想到聚会的时候，通常都会想到朋友与弟兄间的情谊，这里的比喻反而让人印象深刻；接下来我要讲的是一个鲜明的对比，一种愤怒的交会。

不过我应该还要说，这些比喻跟挪威文与爱尔兰文里头一些关于战争的比喻相比，真的不算什么——奇怪得很吧！他们把战争称做"男人间的阵式"（the web of men）呢！想一想在中古时期战争中部队排列的阵式，在这里使用"阵式"（web）这个字眼实在是太棒了：我们看到了剑阵、盾牌，也看到了不同的武器间交错排列的阵容。同时，交手双方的阵式都是由活生生的生命所构成，这样的概念更是使得这个比喻充满了噩梦般的质感。"男人间的阵式"：这是一群在垂死边缘相互残杀的男人所构筑成的网络。

我突然想到了出自于贡戈拉[1]的一个比喻，这个比喻跟"男人间的阵式"这样的说法相当的类似。他谈到了一位深入"蛮荒村落"的旅客；而村民却引来了"一绳串的狗"（a

---

[1] Luis de Góngora y Argote（1561—1627），西班牙诗人，他的巴罗克式曲折风格被称为贡戈拉主义，即夸饰主义。夸饰主义是一个使作品风格拉丁化的运动，自十五世纪以来即为西班牙诗歌的一个组成部分。

rope of dogs）包围这位旅客。

> 宛如精心的计谋
>
> 一座蛮荒村落
>
> 一绳串的狗
>
> 团团围住外来客

　　奇怪得很，我们在这里得到的竟然是同样的意象，也就是由活生生的生物所构成的绳子或网的意象。即使是这些看起来像是同义词的例子，当中还是有很大的差别。"一绳串的狗"这个意象有点怪诞，而"男人间的阵式"这个词也有点恐怖。

　　总而言之，我还要列举一个比喻，或者说是一个对比吧（毕竟我不是教授，我也不太需要去烦恼这两者之间的差别），这首诗是拜伦写的，不过现在很多人都已经忘了这首诗了。在我还是小孩子的时候就读过这首诗，我想你们大概也都在很小的时候就读过了吧。不过我在两三天前才突然发觉，这首诗的隐喻其实是相当复杂的。我从来都不认为拜伦的作品会这么复杂。你们一定也都知道这首诗:"她优美地走着,就像夜色一样。"[1]这句话是如此的完美,以至于我们都把这句话视为理所当然。我们想:"好吧,只要我们想写的话,我们都可以写出这样的诗句。"不过却只有拜伦写下了这样的句子。

我现在要来分析隐藏在这句话里错综复杂的秘密。我想你们也都知道我现在要告诉你们的是什么了(这会让你们感到惊异吗?不会的。我们只有在阅读侦探小说的时候才会觉得惊讶):"她优美地走着,就像夜色一样。"首先,我们看到了一位美丽的女人;接着我们得知这个女人走得很美。这个意象多少都暗示了我们在法文里类似的称赞——有点像是"您真美"(vous êtes en beauté)这样的话。不过,我们得到的却是:"她优美地走着,就像夜色一样。"我们马上就得到一个美丽的女人,一位可爱的女士的意象,而这个意象跟夜晚也有了连结。不过为了要能够了解这行诗,我们也要把夜

---

1 这是拜伦一首名为《她优美地走着,就像夜色一样》(*She Walks in Beauty, like the Night*)诗作的第一行,首次在拜伦诗集《希伯来的旋律》(*Hebrew Melodies*)(一八一五年)中出版。该诗集收录的诗歌都可以搭配音乐家以撒·纳桑(Isaac Nathan)谱写的传统以色列歌谣歌唱。——原编者注

晚想象成女人才行；如果没有这个连结的话，这句话也就毫无意义了。也因此在这几个非常简单的词里头，就有了双重的意象：女人跟夜晚有了连结，不过夜晚也跟女人连结了起来。我不知道也不在乎究竟拜伦知不知道这点。我在想的是，如果拜伦早就知道的话，那么这首诗就很难写得这么好了。拜伦大概在过世前才发现这点，或者是有人跟他点明这一点吧。

我们现在要进入这场演讲两个最明显也最重要的结论了。当然啦，第一个结论就是，虽然我们已经有了上百种的比喻，而且一定也可以再找出另外上千种的比喻，但这些比喻其实都可以回溯到几个最简单的形态。不过我们一点也毋须为此感到苦恼，因为每一个比喻都是不一样的：每次有人引用这些模式的时候，变化都不一样。第二个结论则是，有些比喻无法追溯回我们既定的模式——比如说"男人间的阵式"或是"巨鲸之路"这样的比喻。

所以我认为，运用事物的外表来作比喻是一种很好的方式——尽管在我演讲之后我还是如此认为。因为，如果我们愿意的话，我们也可在几个主要的比喻模式上写出新的变化。

这些变化是很美的，而且也只有极少数的批评家会像我一样如此不厌其烦的提醒你："喏，你在这里又用了眼睛跟星星的比喻，在那边你又再次引用时间跟河流的比喻。"比喻可以激发我们的想象。不过这场演讲或许也给了我们一些启示——为什么我们不这么想呢？——我们或许也可以从中得到启示，进而发明出不属于既定模式，或是还不属于既定模式的比喻呢！

第三讲　说故事

　　词义上的区分应当很受重视才对，因为它也代表了心理上的——以及知识上的——区分。不过我们还是感到很遗憾，"诗人"这个字眼早就已经一分为二了。现在一谈到诗人这个字眼，我们只会想到吟诵诗词的文人，只会想到一些文绉绉的诗词，像"大海在船只的映照下远近散落一地，／就像是天空中的星星一样"（华兹华斯）[1]，或者像"你的声音如音乐，你听音乐何以如此凄怆"[2]。不过，古人在谈论到诗人的时候——诗人那时有"创造者"（maker）的意思——他们可不只是把诗人当成咬文嚼字的文人骚客，也把他们当成了说故事的人（the teller of a tale）。这些故事在所有人类的叙述形态中都找得到——不只在抒情的作品中，在叙述欲望、抒发愁绪的作品当中，甚至在满怀英勇忠烈或是充满希望的叙述中都可以找得到。我这么说的意思是，我待会儿要演说的是最古老的诗歌形态，也就是史诗。让我们先来回想一下几篇史诗。

或许我们第一个想到的例子就是安德鲁·朗格翻译的《特洛伊城的故事》(*The Tale of Troy*)，这本书翻译得相当棒。我们将要检视古老的说故事方法。我们在第一行里就可以看到这样的句子："缪斯女神，告诉我阿喀琉斯的愤怒吧！"或者像劳斯教授（Professor Rouse）所翻译的，我想他是这么翻译的："一个愤怒的男人——这就是我的主题。"[3] 或许荷马，或许那个我们称其为荷马的人（当然这个问题已经是个千古大哉问了）[4]，想的是他在作诗描写一个愤怒的男人，这样子就够我们

---

1 威廉·华兹华斯，"With Ships the Sea Was Sprinkled Far and Nigh"，收录于《诗选》(*Poems*)，一八一五年。——原编者注

2 莎士比亚，第八首十四行诗。——原编者注

3 荷马，《伊利亚特》，威廉·H·D·劳斯翻译（纽约：新美洲图书馆，一九六四年）。——原编者注

4 荷马，《伊利亚特》与《奥德赛》的作者或编者——亦可能是一群诗人，他的生存时代极难稽考，一般说法出生于公元前八五〇年，此外的事迹，便不甚可考。希腊有七个城市，都争说是荷马的出生地，但都不可考。到了十八世纪末，荷马是否真的存在，忽然成了问题。有学者提出科学的论据，怀疑荷马曾做过这两部史诗。其后学者众说纷纭，迄今尚无定论。

伤脑筋了。我们想到的愤怒跟拉丁人想到的是一样的：ira furor brevis——愤怒是短暂的疯狂，是一段疯狂状态。说真的，《伊利亚特》本身的情节并不怎么吸引人——全书的大纲就是说一个英雄闷闷不乐地待在帐篷内，悻悻然地觉得国王待他不公，接着他的朋友惨遭杀害，他也因为个人私怨而发动战争，接下来就是他把在战场上杀死的敌人尸体卖给敌人的父亲。

不过，诗人的目的或许并不那么重要（我好像以前就说过这样的话；我确定我说过）。现在看来重要的是，荷马或许想的是他正在诉说这个故事，他也的确把故事说得非常非常的好：这是一个大英雄的故事，他在攻打一座他永远都无法征服的城市，而他也知道他在攻下城池之前将会命丧沙场；另一方面我们看到的是一个更凄惨的故事，这是一位坚守城池的英雄，大家早就知道他的命运了，而这座城池也早就已经烽火连天。我认为这才是《伊利亚特》真正的主题。事实上，很多读者总是觉得特洛伊人才是故事中真正的英雄。我们想到了维吉尔，不过我们或许也想到斯诺里·斯图鲁松[1]，

1　参阅博尔赫斯《双词技巧》一文，《永恒史》（布宜诺斯艾利斯：埃（转下页）

他在年轻的时候就写过奥丁¹的故事——也就是撒克逊人的奥丁，他们的神明——奥丁是普里阿摩斯国王的儿子，也就是大力士赫克托耳²的哥哥。大家总是想要跟打败仗的特洛伊人

（接上页）梅塞出版社，一九三六年），该专文特别讨论斯诺里·斯图鲁松（Snorri Sturluson, 1179—1241），他是写下冰岛诗集的大师。博尔赫斯有首向他致敬的诗如下：

> You, who bequeathed a mythology
> Of ice and fire to filial recall,
> Who chronicled the violent glory
> Of your defiant Cermanic stock,
> Discovered in amazement one night
> Of swords that your untrustworthy flesh
> Trembled. On that night without sequel
> You realized you were a coward...
> In the darkness of Iceland the salt
> Wind moves the mounting sea. Your house is
> Surrounded. You have drunk to the dregs
> Unforgettable dishonor. On
> Your head, your sickly face, falls the sword,
> As it fell so often in your book.

理查德·霍华德与西泽·雷纳特翻译，见《博尔赫斯诗选：1923—1967》（双语版），诺曼·托马斯·迪·乔凡尼编（纽约：德拉科特出版社，一九七二年），第一百六十三页。——原编者注

1　古斯堪的纳维亚神话中的主神之一。
2　据希腊神话，他是特洛伊国王普里阿摩斯和皇后赫卡柏的长子，是安德洛玛刻的丈夫和特洛伊军队的主要战士。阿喀琉斯刺死赫克托耳之后，普里阿摩斯说服阿喀琉斯送还遗体，然后隆重安葬了他。赫克托耳在特洛伊，在底比斯以东的塔纳格拉备受崇拜。

攀关系，而不是凯旋的希腊人。或许这是因为在失败中总有一种特有的尊严，而这种尊严却鲜少在胜利者身上找得到。

我们再来谈谈第二首史诗《奥德赛》。阅读《奥德赛》的方式或许有两种。我认为写下这首史诗的男人会觉得这首史诗事实上有两个故事（或许是像巴特勒[1]所说的，这个故事其实是女人写的）：一是尤利西斯的回乡记，一是在海上的冒险奇遇记。如果我们把《奥德赛》当成是第一个故事的话，我们就会得到回乡记这样的主题，也就是说，我们都处于被放逐的状态，我们的家乡不是在过去就是在天堂，要不就是在天涯某处，反正我们就是回不了家了。当然航海与回乡的历程就一定要写得很有趣。所以故事中也加入了许多的奇闻轶事。因此当我们阅读《一千零一夜》的时候，我们会发现《辛巴达七次航海记》其实就是《奥德赛》的阿拉伯文版本，我们会认为这不是个讨论回乡的故事，反而会觉得这是一个冒险故事；我想我们也都是如此阅读这本书的。阅读《奥德赛》的时候，我们感受到的是大海的壮阔与神秘；我们在书

1　见塞缪尔·巴特勒《〈奥德赛〉的女作者》，大卫·克林编（芝加哥：芝加哥大学出版社，一九六七年）。——原编者注

中体会到的也就是船员所感受到的感觉。比如，奥德修斯无心于女妖竖琴的天籁，无心于妙龄公主应允的婚事，也无心耽溺于女色淫乐中，对于世界之壮大也无动于衷。他只想到了那条狭长的咸水河。也因此这两个故事就合而为一了：我们可以把这个故事当成一出回乡记，我们也可以把这个故事当作一则冒险故事来读——或许这也是人类所写过、所吟唱过的冒险故事中最棒的一个。

我们现在还要来讨论第三首"诗"，而这首"诗"的光芒也隐约笼罩在这两首史诗之上，这就是"福音书"[1]。其实"福音书"也可以有两种阅读方式。对信徒来说，"福音书"被当成古人或是神明救赎人类罪孽的奇闻轶事。神明下凡接受苦难的磨练——就像是莎士比亚所说的[2]，他们是为了背负"苦难的十字架"（bitter cross）而死的。我还知道另外一种很奇

---

1 《圣经·新约》中的四卷，记述耶稣基督的生平和受难，分别为《马太福音》、《马可福音》、《路加福音》和《约翰福音》。据说分别由马太、马可、路加、约翰撰写。四卷排在新约之首，约占全书一半篇幅。

2 莎士比亚，《亨利四世》（第一部分第一场第一幕）："在一千四百年前，基督蒙受祝福的双足曾在那块神圣的土地上行走过，它们是为了我们的幸福之故而被钉上了那苦难的十字架。"（"those blessed feet/Which fourteen hundred years ago were nail'd\For our advantage on the bitter cross."）——原编者注

特的诠释，这是我在朗格兰的作品[1]里发现的，这一种说法就是，如果上帝想要了解人类面对的所有折磨苦难，而如果他也只是像其他神明一样，仅止于认知这些苦难，这是不够的。他要跟人类一样亲自接受这些苦难的折磨，当然也要跟人类一样受到同样的局限。不过，只要你不是信徒的话（我们在座很多都是），那么我们就可以用一种全然另类的方式来阅读这些故事。你可以把这当成是一个天才的故事，这个人认为他自己就是上帝，不过最后他才发现自己也不过是一介凡夫而已，而上帝——他的上帝——却早已弃他而去。

或许有人会说，几个世纪以来，人们对这三个故事——也就是特洛伊城、尤利西斯以及耶稣的故事早就耳熟能详了。人们一直都在传诵这几个故事；它们被谱成了乐曲、入了画。这几个故事早就已经千古传诵了，不过，却还是如此无可限量。你想到的可能是这几千年，甚至几万年间会有人一再改写这些故事。不过在"福音书"里，还是有不一样的地方：我认为，再也没有人能够把耶稣的故事说得更好的了。耶稣

1　威廉·朗格兰《农夫皮尔斯》（*The Vision of Piers the Plowman*），凯特·M·沃伦编（伦敦：费舍尔·昂温出版社，一八九五年）。——原编者注

的故事早就有很多人说过，不过我觉得我们读过的几首诗，比如说耶稣被撒旦诱惑的那几首好了，光是这几首诗就比四大卷的《复乐园》强得多。还有人觉得搞不好弥尔顿连耶稣究竟是什么样的人都还搞不清楚呢。

好吧，我们都知道这些故事，我们也都知道其实也用不着这么多的故事。我不认为乔叟曾经想过要发明故事。我不认为古人的创意比起现代人来得逊色。我认为他们觉得只要对这些故事稍加描绘——而且是好好地描绘——就够了。此外，同样的事对诗人来说就简单多了。诗人的读者或听众对于诗人想要说些什么都已经了然于胸。所以若是有不同于传统的地方他们也都能够察觉出来。

我们在史诗当中可以寻找到所有的东西——我们应该把"福音书"当成神圣的史诗。不过，就如同我所说的，诗已经一分为二了。也就是说，一方面，我们读到的是抒情诗与挽歌，而另一方面，我们有说故事的文体——也就是小说。尽管有约瑟夫·康拉德以及赫尔曼·梅尔维尔等作家的反对，我们还是很容易把小说当成是史诗的退化。因为小说回归了史诗的威严。

想到小说跟史诗的时候，我们很容易陷入这样的思考中，认为这两者的主要差别在于一个是诗体，而另一个是散文体，一个是用来歌颂，而另外一个是用来陈述事迹。不过，我认为这当中还有更大的差异存在。这两者的差异在于史诗所描写的都是英雄人物——而这个英雄也是所有人类的典型象征。不过，就如门肯所指出的，大部分小说的精髓都在于人物的毁灭，在于角色的堕落。

这种说法又将我们带入了另一个问题：我们所认定的快乐是什么呢？我们又是如何看待失败与胜利呢？现在当大家谈到圆满大结局的时候，大家想到的只是惑骗大家的结局，或者说是比较商业手法的结局；大家都觉得这很矫揉造作。即使大家的心中总是感到一股挫败的尊严，不过几个世纪以来，仍然殷切期望快乐凯旋的结局。例如，一旦有人写到金羊毛的故事（这也是人类最古老的故事之一），读者与听众会打从一开始就觉得，羊毛最后一定可以找得到的。

不过，如果现在开始尝试冒险的话，我们也知道这些举动最后都会失败的。比如说我们读什么呢——我来想一个我喜欢的例子好了——就比如说《阿斯彭文稿》[1]，我们都知道这些纸最后一定都找不到。我们读到弗兰茨·卡夫卡的《城堡》的时候，也都知道这个人最后还是进不了这座城堡。也就是说，我们不能够真的完全相信快乐与成功的结局。或许这就是我们时代的悲哀吧！我想卡夫卡在想到要毁掉这本书的时候一定也是这么想的吧：他其实是想要写下一本既快乐又能振奋人心的书，不过他就是觉得办不到。当然啦，就算他真的写了这样的一本书，大家也不会觉得他讲的是实话。这不是事实的真相，而是他梦境的真相。

在十八世纪末或是十九世纪初，就这么假定吧（我们不需要真的去研究确切的日期），人类开始会讲故事。或许有人会认为这股风潮是霍桑以及埃德加·爱伦·坡开头带动的，不过任何事情总是会有先驱。如鲁文·达里奥所指出的，没有人是文学上的亚当。也正如爱伦·坡提过的，整篇故事应该是为了最后一句话而创作，而整首诗歌也是为了最后一行而写。这样的写作原则最后可能会落入在故事中耍花样的模

1　亨利·詹姆斯《阿斯彭文稿》(*The Aspern Papers*)（伦敦：马丁·塞克出版社，一九一九年）。——原编者注

式，而且十九、二十世纪的作家也几乎早就已经开发出所有的故事情节了。这些情节有的相当精彩。如果单单就说故事而言，这些情节比起史诗的情节还要精彩呢！不过，我们总是会觉得这些情节还是矫揉造作了些——或者这么说吧，这些情节总是比较微不足道。举两个例子来比较——就让我们拿《化身博士》以及《精神病患者》这两个故事来比较吧——或许《精神病患者》的故事比较精彩，不过我们还是会觉得斯蒂文森的变身怪医比较令人意犹未尽。

想一下我在演讲一开始就说过的，故事的情节只有少数几种类型：也许我们应该讲的是，这些故事之所以有趣，在于故事情节之间的转换与改写，而不在于故事情节本身。我想到的是像《一千零一夜》以及《疯狂的罗兰》（*Orlando Furioso*）[1] 这样子的书。或许有人会加上邪恶的宝藏等情节，于是我们就得到了像是《弗尔松加萨迦》这样的故事，或是《贝奥武甫》最后一段的情节——就是寻获的宝藏反而会让找到宝藏的人变得邪恶。这里我们又可以回到我在上一场演讲

---

1 阿里奥斯托（Lodovico Ariesto, 1474—1533）的叙事诗，意大利文艺复兴时期作品，描写基督教武士与异教武士之间的恶斗。

中所提出的观念，也就是隐喻的观念——所有的故事情节其实都出自于少数几个模式而已。当然了，当代的作家想出了许许多多点子，我们说不定还会被他们蒙蔽呢。发明的激情也许会灵光乍现，不过我们随即又会发现，这许许多多的故事情节其实不过是少数几个基本模式的表象而已。而这就不是我所要讨论的了。

还有一点要提醒大家：有的时候，诗人似乎也忘了，故事的述说才是最基本的部分，而说故事跟吟诗诵词这两者之间其实也并非泾渭分明。人可以说故事，也可以把故事唱出来，而听众并不会认为他是一心二用，反而会认为他所做的事情是一体的两面。或许读者不认为这件事是一体两面，不过也会把这整件事当成一个完整的整体。

现在来看看我们身处的年代，会发现这个时代正陷于一个奇怪的处境之中：我们已经打过了两次世界大战了，竟然还没有史诗来描述这两次大战——或许《智慧七柱》[1]算得上是史诗吧！我在《智慧七柱》里头发现许多史诗的特质。不

1 T·E·劳伦斯《智慧七柱》（伦敦：J·凯普出版社，一九三五年）。——原编者注

过这本书的英雄人物偏偏正好是故事的叙述者，这多少给我们带来一些困扰。故事主角有时候必须要低调行事，他必须要让自己看起来像个凡人，也要希望自己的事迹能够取信于人。事实上，他也落入了小说家的圈套当中了。

我还读过一本现在大家都已经遗忘的书，我想我是在一九一五年读到这本书的吧！——书名叫做《炮火》，是亨利·巴比塞[1]写的。作者本身就是一位反对战争的和平主义者；这是一本反战的书。不过史诗的元素却贯穿全书（我记得有人曾经指责过这本书描写战争的场面太多了）。另外一位有史诗意识的作家就是吉卜林。我们可以从《绅士的战争》（*A Sahib's War*）这一篇优异的故事中看出来。同样的，吉卜林从来都没有尝试写过十四行诗，因为他认为写十四行诗会拉大他跟读者之间的距离。虽然他可能写过史诗，可是却从没有写完过。我又想到了切斯特顿，以及他写过的《白马之歌》（*The Ballad of the White Horse*），这是一首描述阿尔

---

1 亨利·巴比塞《炮火》（*Le Feu: Journal d'une escouade*）（巴黎：弗拉马里翁出版社，一九一五年）。——原编者注

弗雷德大帝[1]大战丹麦人的作品。我们在这首诗中也可以找到一些很奇怪的比喻（我在想为什么上次演讲忘了引用这个例子）——比如说"如明月般坚硬的大理石"（marble like solid moonlight）以及"如冻结烈火的金子"（gold like frozen fire），在这两个例子里头，大理石以及金子都被比喻成另外两个更为基本的东西了。[2]它们被比喻为月光以及烈火——而且不光是火而已，是魔幻般冻结的火焰。

从某方面说来，人们对于史诗的盼望相当饥渴。我觉得史诗是人们的生活必需品之一。走遍世界各地，也只有好莱坞能够把史诗般的题材粉饰一番，然后再推销给全世界（虽然这样说来有点虎头蛇尾，不过事实就是如此）。在世界各地都一样，当人们观赏西部片的时候——请注意到对牛仔、沙漠、正义公理、地方警官，以及射击对决等种种的迷思——

---

1 King Alfred（849—899），英格兰西南部撒克逊人的威塞克斯王朝国王，曾率军多次抵抗丹麦人入侵。自修拉丁文，并将拉丁文著作译成英文。

2 切斯特顿《白马之歌》（一九一一年），见《切斯特顿诗集》（*The Collected Poems of G.K. Chesterton*）（伦敦：塞西尔·帕尔默出版社，一九二七年），第二百二十五页。这是一首长诗，全诗共约有五百三十个诗段。博尔赫斯引用的是第三册，第二十二诗段。——原编者注不管他们有没有意识到，我想观众从这样的场面中还是得到了阅读史诗的感觉。毕竟，知道自己有这样的感觉并不是很重要。

我并不是要跟各位预言些什么事情，因为这样做是很危险的（虽然有时候这些预言在很久以后会成真），不过，我认为如果叙述故事跟吟诗诵词这两者能够再度合而为一的话，这么一来就有很重大的事情要发生了。或许这样的事情会在美国发生——因为，就如各位所知，美国在判断一件事情的时候向来就有从道德上判断是非的观念。这种情形在其他的国家也有，不过我不认为这种情况在其他国家会像我在美国看到的如此明显。如果我们可以达到这个境界，如果我们果真能够回归史诗，那么我们就可以完成一些真的很伟大的事情。当切斯特顿写下《白马之歌》的时候，这首诗获得了相当好的评价，不过读者对这首诗却不太喜欢。事实上，当我们想到切斯特顿的时候，想到的是他的布朗神父传奇[1]，而不是他这首诗。

---

1 切斯特顿的布朗神父传奇（The Father Brown Saga, 1911—1935）是由五部小说组成的系列小说，描写貌不惊人的布朗神父如何用其敏锐的直觉，紧紧抓住蛛丝马迹，深入推理，侦破悬案。布朗神父也成为英国小说史上有名的人物之一。

我其实是在年纪相当大的时候才开始想到这个问题的；此外，我不觉得我自己可以尝试写史诗（虽然我写过短短的两三行史诗）。这是给年轻人做的事情。而且我也希望他们能够着手去做，因为我们也都深切地感受到小说多少已经在崩解了。想一想本世纪最重要的小说吧——假设是乔伊斯的《尤利西斯》好了。我们读到了几千件关于这两个主角的事情，不过我们却不认识这两个人。我们对但丁或是莎士比亚作品中的角色知道得还比较多，而这些角色——还有他们生老病死的故事——却只在短短几句话里头就清楚地呈现在我们眼前。我们并不知道关于他们上千件的琐事，不过却好像跟他们很熟。当然了，这比较重要。

我认为小说正在崩解。所有在小说上大胆有趣的实验——例如时间转换的观念、从不同角色口中来叙述的观念——虽然所有的种种都朝向我们现在的时代演进，不过我们却也感觉到小说已不复与我们同在了。

不过，有个关于传奇故事的现象将会永远持续下去。我不相信人们对于说故事或是听故事会觉得厌烦。在听故事的愉悦之余，如果我们还能够体验到诗歌尊严高贵的喜悦，那么有些重要的事情即将发生。或许我是十九世纪的老古板，不过却是相当乐观的，我有的是希望；未来可能发生的事情还有很多——就好像所有的事情在未来都可能发生一样——我认为史诗将会再度大行其道。我相信诗人将再度成为创造者。我的意思是，诗人除了会说故事之外，也会把故事吟唱出来。而且我们再也不会把这当成是风马牛不相及的两件事，就如同我们不会觉得这两件事在荷马和维吉尔的史诗当中有什么不一样的地方。

第四讲 文字—音韵与翻译

为了能让各位清楚明了,我把我的演讲限定在诗歌的翻译上。这是一个小而焉者的问题,却也是一个牵连甚广的问题。这个讨论将会把我们带向文字—音韵的关联性话题(或者是文字—魔力的话题),我们也将讨论诗歌中文意与文音(sense and sound)的关联。

许多人普遍抱持一种迷信,认为所有翻译的作品都会背弃独一无二的原著。意大利文中有个双关词更是将这种看法表露无遗,"译者,叛徒也"(Traduttore traditore),意思就是说,有些事情是说不出来的。既然这个双关词这么有名,这句话一定也隐藏了真理的精髓与真理的核心。

我们将要进入一个讨论，研商诗歌翻译的可能性，以及翻译诗歌的成功几率。依据我个人的习惯，要先从一两个例子着手，因为我不认为有任何一个讨论可以在相关例证阙如的情况下进行。而且既然我的记性又不太好，很容易忘东忘西，所以我要挑选一些简短的例子来作说明。如果要我分析一整个段落，甚至是一整首诗的话，那么不仅我们的时间不允许，也超出我的能力范围。

我们就从《布鲁南堡之赋》以及丁尼生的翻译来谈起。这首赋于公元十世纪初期完成，写作的目的就是为了要庆祝威塞克斯人成功击退都柏林维京人、苏格兰人以及威尔士人。就让我们着手深入检查这首赋当中的一两行吧。在原著中，我们发现这句话的意思其实应该是这样的："Sunne up æt morgentid mære tungol"。意思就是说，"在早晨时刻中的阳光"或是"在清晨时光中"，接下来是"驰名的星球"或是"巨大的星球"——不过在这里，把这个字翻译成"驰名"会是比较好的翻译（mære tungol）。诗人接着又把太阳称呼为"上帝手中明亮的蜡烛"（godes candel beorht）。

这首赋先是在丁尼生儿子的手中被改写成了散文；译文

还在杂志上刊登过呢[1]。丁尼生的儿子似乎向他老爸解释了一些古英文诗歌的基本规则——像是节拍、如何使用头韵而不是押尾韵，等等。接着，富有冒险研发精神的丁尼生就着手用现代英文来创作古英文诗歌。值得注意的是，虽然丁尼生的实验很成功，不过他却再也没采用这种方式写作了。所以如果我们想要从阿尔弗雷德·丁尼生男爵的作品中找寻出古英文诗歌体裁的创作，找到这一首佳作，正是这首《布鲁南堡之赋》，我们就该很心满意足了。

而原文中这两句话——"旭阳，那驰名的星球"（the sun，that famous star）以及"太阳，上帝手中明亮的蜡烛"（the sun，the bright candle of God）（godes candel beorht）——在丁尼生的译笔下变成了这个样子："在晨浪中／第一颗巨大的旭阳星体"（When first the great/Sun-star of morning-tide）[2]。我想，像是"在晨浪中一颗巨大的旭阳星体"这样的诗句一定是

1　这段散文的翻译被刊登在《当代评论》（*Contemporary Review*），一八七六年十一月刊。——原编者注

2　丁尼生，《布鲁南堡之赋》（*Ode of Brunanburh*）出自于《丁尼生诗全集》（*The Completed Poetical Works of Tennyson*）（波士顿：霍顿·米夫林出版社，一八九八年），第四百八十五页（第三节，第六至七行）。——原编者注

相当令人震撼的翻译吧。跟原文比较起来，这句话还要更像是撒克逊人讲的话，因为这句话里面就有两个日耳曼人惯用的复合字："太阳—星星"（sun-star）以及"清晨—潮汐"（morning-tide）。当然了，虽然我们很容易就可以把"清晨—潮汐"理解为"清晨—时光"（morning-time），不过我们或许也会觉得丁尼生想要暗示我们，他把清晨的意象比喻成天空的流动。所以我们就在这里读到一个非常奇怪的句子："在晨浪中／第一颗巨大的旭阳星体"。在接下来的句子里，丁尼生遇到"上帝手中明亮的蜡烛"这样的句子，而他把这个句子翻译成"上帝的明灯"（Lamp of the Lord God）。

让我们再列举另外一个例子吧。这个句子的翻译不但无从挑剔，我们还要说这是一个相当好的翻译呢。这一次要看的是一段由西班牙文翻译过来的句子。这首伟大的诗叫做《灵魂的暗夜》（*Noche oseura del alma*），这是十六世纪一位名列西班牙最伟大的诗人所写的诗——我们甚至可以很放心地说，他是西班牙最伟大的诗人，所有用西班牙文创作的诗人当中最伟大的一位。当然，我所说的就是十字若望[1]，这首诗的第一段是这么说的：

在一个阴森的夜晚，

激烈的思慕焚烧成爱的热焰

——喔，这是多么愉悦的时刻啊！——

没有人看到我从旁经过

在我的房子里，一片沉默。[2]

1　San Juan de la Cruz（1542—1591），西班牙诗人、神学家。

2　本段是《灵魂的暗夜》八个诗段当中第一个诗段，或是像西班牙古王国黄
金时代所说的："Canciones de el alma que se goza de aver llegado al alto estado
de la perfectión, que es la unión con Dios, por el camino de la negación
espiritual." E·阿利森·皮尔斯是这么翻译的：

    Upon a darksome night,

    Kindling with love in flame of yearning keen

    – O moment of delight! –

    I went by all unseen,

    New-hush'd to rest in the house where I had been.

十字若望，《圣歌与诗篇》，E·阿利森·皮尔斯译（伦敦：伯恩斯与奥
茨出版社，一九三五年），第四百四十一页。威利斯·巴恩斯通是这么翻译的：

    On a black night,

    starving for love and dark in flames,

    Oh lucky turn and flight!

    unseen I slipped away,

    my house at last was calm and safe.

（转下页）

这一段诗写得很棒。不过，如果我们把最后一行从整段诗抽离出来，然后单独审视的话（我可以肯定，我们不会获准这么做的），这一行诗顿时就变得平淡无奇："在我的房子里，一片沉默"（estando ya mi casa sosegada），"我的房子沉默无声"（when my house was quiet）。在这行诗的最后两个字"沉静的房子"（casa sosegada）中我们读到了三个 S 的嘶嘶声。Sosegada 这个字不太会是一个震撼人心的字眼。我并不是在贬抑这首诗。我的用意是要指出，如果单独阅读这一行诗，并且把这行诗从上下文中抽离出来的话，这行诗其实是相当平淡无奇的。

这首诗在十九世纪末被阿瑟·西蒙斯翻译成英文。这首诗的翻译并不算好，不过如果你愿意花点心思查阅的话，你可以在叶芝所编著的《牛津现代诗选》（*Oxford Book of Modern Verse*）[1] 当中找到这首诗。几年前有一位伟大的苏格兰诗人也试过翻译这首诗，他是位南非裔作家，名字叫

（接上页）　　十字若望，《十字若望诗集》，威利斯·巴恩斯通译（纽约：新方向出版社，一九七二年），第三十九页。——原编者注

1　西蒙斯把这首诗翻译成《心灵的暗夜》（*The Obscure Night of the Soul*）。参阅威廉·巴特勒·叶芝编选的《牛津现代诗选：1892—1935》（纽约：牛津大学出版社，一九三六年），第七十七至七十八页。——原编者注

做罗伊·坎贝尔[1]，他把这首诗翻译为《灵魂的暗夜》(*Dark Night of the Soul*)。我真希望现在手边就有这本书，这样我们就可以专注于讨论我引述的这一句话了，而且我们也可以看看罗伊·坎贝尔是怎样处理这首诗的："在我的房子里，一片沉默。"他把这一句话翻译成："整座房子都噤然无声。" (When all the house was hushed.)[2]我们在这段翻译里头看到了"整座"(all)这个字眼，这个字带给这行诗一种空间感，一种广阔的感觉。接着就是"噤声"(hushed)这个美丽又可爱的字眼了。"噤声"这个字无意中带给我们沉静时的听觉感受。

除了这两个展现翻译艺术的例子之外，我还要再举第三个例子。我不会讨论这个例子，因为这个例子并不是诗对诗的翻译，而是把散文提升为韵文，成为诗歌。我们都知道这一句陈腔滥调的拉丁文（这句话当然也是从希腊文过来的），

1　Roy Campbell (1901—1957)，英国诗人，译有西班牙、葡萄牙和法国作家的作品。

2　罗伊·坎贝尔，《诗选》(伦敦：鲍利海德出版社，一九四九年；一九五五年重印)，第一百六十四至一百六十五页。坎贝尔引用西班牙原文的第一句当作他翻译的标题："En una noche oscura."——原编者注

这句话是这么说的："艺术永久，人生短暂。"（Ars longa, vita brevis.）——我应该要念成 wita brewis 才对（这样子念起来铁定会很难听）。就让我们回到 vita brevis 这样的念法吧——就像我们要念成"维吉尔"（Virgil），而不是"维吉里乌斯"（Wirgilius），这是同样的道理。我们在这里看到的是一句平淡的陈述，一句意见的陈述。这段话相当的平淡，相当的直接。这句话并没有扣人心弦的震撼。事实上，这句话有点像是预言电报的诞生，或者像是预告文学作品的演进。"艺术恒久，人生苦短。"（Art is long, life is short.）这句陈腔滥调已经反复传诵多时。然后，到了十四世纪，"一位翻译大师"[1]——也就是文学大师乔叟——就需要引用这句话了。乔叟想到的当然不是什么仙丹；他想到的大概是诗吧。不过，或许他想到的是爱情（不过我身上没带这本书，要不我们就有得挑了）。或许他想到的是爱情，而他也想要把他的爱意融入诗行之中。他写道："生命如此苦短，而学海却又如

1 "翻译大师"（grand translateur）这个称谓是乔叟同时期的法国作家德尚（Eustache Deschamps）在一首歌谣当中给他的称赞。这一段重复句是这么说的："翻译大师，尊贵的杰弗利·乔叟。"

此无涯。"（The life so short, the craft so long to learn.）——
或者你也可以想象他会是这么念这一句话的，"生命苦短兮，
学海无涯兮。"[1]我们从这一句话当中得到了意见的陈述，也从
字里行间听到了欲望的声音。我们可以看到诗人不但在苦思
艺术创作的艰困与人生的短暂；他也亲身感受到了。而这种
感觉就借由一个很明显能够听得见、看得见的关键字传达出
来——也就是"如此"（so）这个关键字。"生命如此苦短，
而学海却又如此无涯。"

　　让我们再回到一开始的两个例子，也就是丁尼生翻译的
《布鲁南堡之赋》，以及十字若望的《灵魂的暗夜》。我们来评
量一下我所引述的这两段翻译，这两段翻译跟原著相比一点
都不逊色，不过我们还是觉得原著跟翻译有所不同。这其中
的差异不是翻译者可以处理的；这反而取决于我们阅读诗的
方式。如果我们回头看《布鲁南堡之赋》的话，我们知道这
首诗是发自于内心深刻的情感。我们都知道撒克逊人曾经多
次沦为丹麦人的手下败将，而他们对此也深感厌恶痛恨。所

1　这是乔叟的《万禽议会》（*Parlement of Fowles*）开头的第一句话。——原编
　　者注

以我们也必须想想看，当西撒克逊人在长年的挣扎之后，终于能够大败都柏林维京国王奥拉夫（Olaf），以及他们深感痛恨的苏格兰人与威尔士人，想想那种畅快——这场战役就是布鲁南堡之役，是英国中古时期最惨烈的战役之一。我们要想象一下他们那时的感受；要想象一下写这首诗赋的人。他可能是个僧侣。不过事实上他却没有感谢上帝的眷顾（像正统宗教仪式中的惯例），反而感谢国王与爱德蒙王子手中的宝剑为他们带来了胜利。他并没有说上帝恩赐他们凯旋胜利；他说的是，他们靠着"尖刀利刃"（swordda edgion）赢得了胜利。全诗洋溢着一种粗暴、凶残的喜悦。他大肆嘲讽手下败将。对于大败宿敌一事感到相当的得意。他谈到了他的国王与王室成员得以重返他们的威塞克斯——像是丁尼生诗中所描述的，回到了他们自己的"西撒克逊家园"（West-Saxonland）（每个人都"回到他们的西撒克逊家园，欢喜战争"）。[1] 在那之后，他更是算起了英国历史的陈年旧账；他想

1　丁尼生《布鲁南堡之役》（*The Battle of Brunanburh*）收录于《丁尼生诗全集》，第四百八十五页（第十三节，第四至五行）。——原编者注

到曾经攻打英国的朱特人[1]，也就是亨吉思特（Hengist）与霍萨（Horsa）[2]。这种情形很奇怪——我并不认为在中古时期多少人会有历史观。所以我们要把这首诗当成是发自内心的深刻的情感。要把这个看成一首伟大的诗该有的热血沸腾。

接着我们来看丁尼生的版本，我们都很喜欢这首诗（我甚至在接触到撒克逊原著之前就读过这首诗了），我们觉得这首诗是一个很成功的实验，由当代英语大诗人来撰写古英文诗；也就是说，时代背景已经不一样了。当然，这当中的差异不应该怪罪到翻译者身上。同样的事情也发生在十字若望与罗伊·坎贝尔身上：我们或许都会这么觉得（我想我们大概都会这么想吧！）——单从文学的角度看来——在文字上，"整座房子都噤然无声"（When all the house was hushed）这行诗的确要比原著"在我的房子里，一片默然"（estando ya mi casa sosegada）还来得好。不过如果要比较西班牙文原著

---

1 日耳曼民族的一支，故乡在斯堪的纳维亚半岛地区（也许是德兰半岛）。五世纪时与盎格鲁人和撒克逊人一起侵入不列颠，后来定居在肯特郡、怀特岛和汉普郡一带。

2 根据传说典故，亨吉思特与霍萨是五世纪中叶领导朱特人入侵英国的领袖，并建立了肯特王国。——原编者注

或是英文的翻译版本的话，这一点就没有太大的帮助了。在第一个例子里，我们觉得十字若望的作品已经臻于化境，他能够写出人类灵魂所能达到的最高境界——像是狂喜的经验，人类灵魂与圣灵融合的体验，以及与上帝融为一体的体验。在他亲身经历过这些无法用言语表达的体验之后，他多少必须要用比喻的方式才能够表达。之后他觉得他已经可以写出《歌中之歌》（*Song of Songs*）这样的诗了，接着他把性爱的意象看成是人类与他们的上帝之间神秘联系的意象（很多神秘主义者都这么做过），然后他才动手写诗。因此，我们就听见了他发出的每一个声音——不过我们也可以这么说，在撒克逊的例子里，我们算是偷听到了这些声音。

接下来我们要讲的是罗伊·坎贝尔的翻译。我们觉得他翻译得很好，不过我们或许还是很容易这么想："好吧，毕竟苏格兰佬还是把这件事做得不错。"这当然是不一样的。也就是说，翻译与原著作品之间的差别并不在于文本本身。假设我们不知道哪一个是原著，哪一个是翻译的话，我们就可以很公平地评判了。不过，很不幸，我们没有办法做到。也因此翻译者的作品总被认为略逊一筹——或者呢，更糟糕的是，大家都觉得他们会比较逊色——即使翻译作品在文字的表现上跟原著并驾齐驱也是一样。

现在我们要来讨论另外一个问题，也就是逐字翻译（literal translation）的问题。当我说"逐字"翻译的时候，我指的是广义的比喻。因为如果翻译的作品在逐字比对下都无法达到忠于原著的标准，那就更不可能做到每个字母都要雷同的程度了。十九世纪时，有一位现在大家都快忘记的希腊哲学家，叫做纽曼的，他就尝试过要把荷马的史诗用六步格诗体逐字翻译。[1] 他的目的是要出版一部能跟荷马"相互抗衡"的翻译。他采用了像是"潮湿的海浪"（wet waves）、"暗酒色的大海"（wine-dark sea）这样的句子。马修·阿诺德自有他翻译荷马史诗的一套理论。当纽曼先生的翻译作品问世之后，马修·阿诺德还为他写书评。纽曼回应了阿诺德的书评；而阿诺德对纽曼的答复也有回应。这些非常生动而

---

1 弗朗西斯·威廉·纽曼（Francis William Newman，1805—1897）不只是一位研究古典作品的学者，也在宗教、政治、哲学、经济、道德，以及其他社会学科领域有广泛的著作。他所翻译的《伊利亚特》于一八五六年出版（伦敦：沃顿与马伯利出版社）。——原编者注

且非常有智慧的文章我们都可以在马修·阿诺德的散文集当中读到。

争议的双方都有很多的话要说。纽曼认定逐字的翻译才是最忠实的翻译。马修·阿诺德则由一个关于荷马的理论着手。他认为在荷马的史诗中可以找到几项特质——清楚明了（clarity）、尊严高贵（nobility）、朴素简约（simplicity），等等。他认为翻译者一定都要传达出这些特质，即使文本中没有这些条件都得要这么做。马修·阿诺德指出，文学作品的翻译就是要做到风格奇异（oddity）以及文笔典雅（uncouthness）的境界。

比如，在罗曼语系的语言中我们不会说"It is cold"——我们会说"It makes cold"，也就是"Il fait froid"，"Fa freddo"，"Hace frío"。不过我却不认为真的会有人把"天气很冷"（Il fait froid）这句话翻译成"天气做得很冷"（It makes cold）。我这里还有另外一个例子：在英文里面我们会说"早安"（Good Morning），不过在西班牙文里我们会说"日安"（Buenos días〔Good days〕）。如果把英文的"早安"翻译成西班牙文后变成了"Buenos mañana"的话，我们会觉得这个翻译的确是依照字面意思翻译出来的，不过这种说法却不是我们真正使用的语法。

马修·阿诺德指出，如果完全依照字面意思来翻译，我们就很容易强调到错误的地方。我不晓得伯顿船长[1]在翻译《一千零一夜》的时候，阿诺德是不是刚好碰到他；也许他太晚才碰到了。因为伯顿船长把 *Quitab alif laila wa laila* 翻译成《一千夜零一夜》(*Book of the Thousand Nights and a Night*)，而不是翻译成《一千零一夜》(*Book of the Thousand and One Nights*)，这样的翻译的确是逐字翻译。真的是依照阿拉伯文一个字一个字地照译。虽然在阿拉伯文里头，"一千夜零一夜"是很正常的说法，不过在英文里，这么说就会让人吓一跳了。当然了，这一切也并非原著料想得到的。

马修·阿诺德建议要翻译荷马史诗的人最好手边都有一本《圣经》。他说，英文版《圣经》的翻译文笔或许可以作为翻译荷马史诗的标准。不过如果马修·阿诺德曾经仔细拜读他的《圣经》的话，他或许会注意到英文版的《圣经》里头

---

1 Richard Burton（1821—1890），英国冒险家，在语言与文学上亦有造诣，译有《一千零一夜》全本共十六卷。

充斥着逐字翻译的例子，而且英文版《圣经》的美有一部分就在于逐字翻译的美感。

比方说，在英文版《圣经》里有"力量之塔"（a tower of strength）这么一句话。这句话大概是路德[1]当初翻译为"ein feste Burg"的一句话——意思是"一座巨大（或坚固）的堡垒"（a mighty〔or a firm〕stronghold）。接着我们再来看《歌中之歌》这首诗。我在弗雷·路易斯·德·莱昂的书中读过，希伯来文并没有最高级的称谓，所以他们就不能说"最高之歌"（the highest song）或是"最佳之歌"（the best song）了。他们会说"歌中之歌"，就像他们会把国王称为"万王之王"（king of kings），而不会说"帝王"（the emperor）或是"最尊崇的国王"（the highest king）；或是说成"夜中之夜"（the night of nights）而不是最神圣的夜晚。如果我们把英文翻译的《歌中之歌》跟路德翻译的德文版本相比，我们会发

1　Martin Luther（1483—1546），十六世纪欧洲宗教改革运动的发起人，新教创始人。将希腊文原著翻译成德文，亦邀来梅兰希顿共同参与翻译。德译《新约》于一五二二年出版，根据希伯来文翻译的《旧约》亦于一五三四年出版。路德拘守《圣经》词句，强调耶稣的话应该照字面解释，原原本本地翻译。

现路德根本不考虑译文的美感，他只要求德国的读者能够了解文章在讲些什么，所以他把这首诗翻成了《高级抒情诗》（*The high lay*）。所以我们也知道了这两个逐字翻译的例子能带来多少美感了。

事实上，就像马修·阿诺德曾指出的，也许有人会说逐字翻译不但可以达到文笔奇异以及风格典雅的效果，也可以做出陌生（strangeness）的效果与美感（beauty）。不过我觉得这完全是见仁见智的；因为如果我们想要阅读一篇逐字翻译的外国诗，或许也会期待在诗中找到一些异国风味。不过如果真的找到的话，我们还会觉得失望哩！

现在我们要读一篇最好也最有名的英文翻译。我说的，当然就是菲茨杰拉德[1] 翻译自欧玛尔·海亚姆[2] 的《鲁拜集》。这首诗的第一段是这么说的：

---

1 Edward FitzGerald（1809—1883），英国作家，以所译之《鲁拜集》闻名，经他加工之后，此书已经成为一部英国文学名著，英国诗人经常引用其中的诗句。为使英国读者易于理解，他采用完全意译的手法，常用自己的词句反映诗人思想的实质。

2 欧玛尔·海亚姆的《鲁拜集》由爱德华·菲茨杰拉德翻译，于一八五九年在伦敦出版发行。——原编者注

醒过来吧！清晨已经在夜晚的钵碗

　　丢下一块石子，也扬起了满天星斗；

　　看吧！东方的猎人已经趁着暮光迷乱

　　攻取了苏丹王的塔楼。

就我们所知，这首诗是斯温伯恩与罗塞蒂在一家旧书店找到的。他们都被这首诗的美所慑服。他们对菲茨杰拉德的生平一无所知，这位仁兄在艺文界可真是个无名小卒。他曾经翻译过卡尔德隆（Calderón）以及法里德·阿尔丁·阿塔尔的《鸟儿大会》；这几本书算不上好书。不过他后来又出版了这一本书，这书现在是本名著，已经成为经典了。

　　罗塞蒂跟斯温伯恩都感受到了这个翻译作品的美感，不过我却很怀疑，如果菲茨杰拉德介绍给大家的是这本书的原文，而不是翻译作品的话（其实这本书有一部分还真的是原文），那么他们两人是否还会觉得这首诗很美？他们还会容许菲茨杰拉德这样翻译这首诗吗？"醒过来吧！清晨已经在夜晚的钵碗／丢下一块石子，也扬起了满天星斗"（这首诗的第二行有一个附录，解释说把石头丢到碗里是要离开酒馆的象征)。我很怀疑菲茨杰拉德会不会在自己的诗中写出"光之圈套"(noose of light)或是"苏丹王的塔楼"(sultan's turret)这样的句子。

我觉得我们可以很放心地来讨论——这个句子在诗中的另外一个段落也可以找得到：

> 拂晓的左手还在天空的时候做了一个梦
> 我听到了酒馆传来的叫吼，
> "叫醒我的小老弟，然后斟满杯觥
> 在酒杯里的生命琼浆枯竭之前赶快装妥。"

我们就来讨论这第一句话吧：拂晓的左手还在天空的时候做了一个梦。当然了，这句话的关键字就是"左"这个字。如果改用了其他的形容词，这一行诗便会完全失去意义。不过"左手"通常会让我们联想到一些奇异、邪恶的东西。我们都知道右手(right hand)会让人联想到"正确"(right)——换句话说，也就是会让人联想到"正义"(righteousness)、想到"正直"(direct)等种种感觉——不过我们在这里看到的却是"左"这一个不吉祥的字眼。我们想到西班牙的一句俗谚:"朝左刺就可以刺穿心脏"(lanzada de modo izquierdo que atra-viese el corazón)——这句话多少让我们有种不祥的感觉。我们感觉到"拂晓的左手"这个地方就是有点不对劲。如果波斯人在拂晓的左手还在天空的时候做了个梦,这个梦很可能随时都会变成一个噩梦。不过我们却不太感觉得到;我们不需要只拘泥在"左边"这个字眼上。因为"左边"这个字眼会让整个句子变得很不一样——诗歌的艺术就是这么精致、这么神秘。我们会接受"拂晓的左手还在天空的时候做了一个梦"这样的句子,因为我们假定这个句子里有波斯人的典故。就我所知,欧玛尔·海亚姆的诗句里头并没有菲茨杰拉德个人的意思。这就点出一个有趣的问题了:逐字翻译的作品也能够开创出独特的美感。

我总是在想,逐字翻译起源于什么时候。我们现在对逐字翻译都很着迷;事实上,很多人只接受逐字翻译的作品,因为我们都想很公平地处理每个人的作品。这在过去的翻译家眼中或许还会是一种罪过呢。他们想到的是一些更为重要的事情。他们要证明,本国语言也能够跟原著作品的语言一样，写出第一流的诗篇。我觉得堂胡安·德·豪雷吉（Don Juan de Jáuregui）在把卢坎[1]的作品翻译成西班牙文的时候，一定也是这么想的。我不认为任何一个蒲柏[2]时代的读者会把蒲柏跟荷马相提并论。我认为读者所考虑的都只是诗的本身而已，即使是最习钻的读者也一样。他们或许对《伊利亚特》或是《奥德赛》有兴趣，不过对文字上的一点小争议却一点兴趣也没有。整个中古时期的人们都不是从逐字翻译的角度来看待翻译作品的，而是认为翻译也是某种程度的重新创作。像是诗人在阅读过作品之后，多少会从他自己身上发展出一点东西，从他自己的才气中，也从他使用的语言中发展出一些可能性。

逐字翻译是从什么时候开始的呢？我不认为这种风气是从学术界开始的；我不认为这是由跨踌支吾当中衍生的产物。

1　Lucan（39—65），中世纪最受欢迎的诗人，《内战记》是其仅存的诗作。一般评论家并不认为卢坎是伟大的诗人，不过却是了不起的修辞学家。

2　Alexander Pope（1688—1744），英国十八世纪最重要的讽刺诗人。翻译作品有荷马的《伊利亚特》与《奥德赛》，其译本并不确切，也未反映出原作精神，但成了当代人所理解的英雄史诗典范。蒲柏的译本措词庄严，并认为荷马如果生活在十八世纪英国的话，也会同意使用这种风格的写作方式。

我觉得逐字翻译的风气有种神学方面的起源。因为即使世人都认定荷马是历史上最伟大的诗人，大家还是认为荷马只是尘世凡人。（于是也就有了"我为此大感不平，因为即使优秀一如荷马,有时候也得点头认错"[1] 这样的话。）也因此他们都可以把荷马的文字改头换面一番。不过谈到翻译《圣经》的话，就不是这么一回事了，因为《圣经》据传是由圣灵所写的。如果我们想到了圣灵，想到了上帝的大智大慧被记录成一本文学作品，就绝对不会认为他的作品还有任何纯属巧合的成分——或是任何一点点信步所至的成分。不可能的——如果上帝真的写了一本书，如果上帝真的化身到了一本书上，那么就像是麦加信徒所宣称的，每一个字，每一个字母，一定都是上帝深思熟虑过的。如果要篡改一本拥有永恒大智慧的书，这会是一种亵渎。

因此，我认为逐字翻译的观念就是由《圣经》的翻译衍生而来的。这纯粹只是我个人的臆测，不过我觉得这种可能

1　取自贺拉斯的《诗艺》（*Ars poetica*），359："像荷马这般优秀的人都会犯错，我对此大感不平。"（"Indignor quandoque bonus dormitat Homerus."）——原编者注

性是很高的（我也假定如果我说错了，此处的许多位学者也一定都会惠与赐教的）。当阅读优秀的《圣经》翻译版本的时候，人们都会发觉，都会开始感觉到，这种异国风味的表现方式也有种美感。现在大家都很喜欢逐字翻译的作品，因为逐字翻译的作品总是能够带给我们所期待的意外悸动。事实上，甚至可以说我们已经不需要原著作品了。或许在以后，翻译作品本身就会被认为是了不起的作品。我们想一想伊丽莎白·巴雷特·布朗宁这本《葡萄牙十四行诗》(*Sonnets from the Portuguese*)就知道了。

有的时候我会尝试一些大胆的比喻，不过也总会想到，如果我说这些东西是我写的，大概就没有人能够接受了（我也只不过是一个当代的作家而已）。所以我只好说这些比喻都是一些早已作古的波斯或挪威作家写的。我的朋友都跟我说我运用的比喻相当不错；当然啦，我从来都没有跟他们说过这些比喻其实都是我自己想出来的，因为我真的很喜欢使用比喻。毕竟，波斯作家或挪威作家或许也都发明了这些比喻，或许还是更好的比喻呢！

因此，我们就回头讨论我一开始所说的重点吧：也就是说，翻译作品的好坏从来都不是从文字使用的优劣来衡量的。翻译的优劣其实应该由文字的使用来衡量，不过情形却从来都不是如此。比如说（希望我这么说不会让你们觉得我在亵渎），我很仔细地看过波德莱尔的《恶之花》（*Fleurs du mal*）以及格奥尔格[1]的《艺术之页》（*Blumen des Bösen*）（不过这已经是四十年前的事了，我能够解释这个年轻气盛的过错）。我认为波德莱尔这位诗人铁定比起格奥尔格来得优秀，不过格奥尔格更是一个技艺高超的工匠。我想如果逐行比对他们两人的作品的话，我们应该会发觉格奥尔格的《颂歌》（*Umdichtung*）这本书（这个德文字用得相当棒，因为这个字的意思不是指一首从外国文字翻译过来的诗，而是诗之间相互交错的意思；德文里头也有 Nachdichtung 这个字，意思是"诗后诗"〔after poem〕，也就是翻译的意思，以及 Übersetzung 这个字，意思就只是翻译而已。）——我会觉得或许格奥尔格的翻译作品比起波德莱尔的原著还要来得好。当然了，这对格奥尔格一点好处也没有，因为凡是对波德莱尔有兴趣的人——像我对波

---

1 Stefan George（1868—1933），德国抒情诗人，《恶之花》德译本的译者，对十九世纪末德国诗歌的复兴有促进作用。

德莱尔就很有兴趣——都会觉得格奥尔格的文字都是来自波德莱尔；也就是说，大家只会想到把波德莱尔的作品放到他的生平背景来看。不过，如果是格奥尔格的话，我们就看到了一位才能有余，却自命不凡的二十世纪诗人，把波德莱尔的文字一一转换成外国语言，翻译成德文。

我所讲的是现在的情形。我们身上都担负了历史观，而且是负担过度了。我们不可能像中古时期或是文艺复兴时期甚至是十八世纪的人一样，从同样的角度观看这些古老的作品。我们现在苦于作家创作时的当代环境；我们很想确切得知在荷马写下"暗酒色的大海"时，他心里想的究竟是什么（如果"暗酒色的大海"这样的翻译对的话；不过我不知道对不对）。如果我们真有历史观的话，我们或许也应该知道，总有一天，人们不会像我们现在这样对历史还这么敏感。总有一天，人们不会在乎历史事件，也不会在乎美的历史背景；他们关心的应该是美的事物本身。或许，他们根本就不应该关心诗人的名讳或是他们的生平事迹。

如果我们想到整个国家都这么想的话，这样子对大家都好。例如说，我就不认为印度人会有历史观。欧洲人在撰写印度哲学史的时候总是觉得芒刺在背，因为印度人认为所有的哲学都是当代的思考。也就是说，他们比较关心自身的问题，而不是哲学家的生平事迹或是真实的历史年序。所有种种有关大师的姓名、他们的生平背景、他们的师出传承等——所有种种对他们而言完全不重要。他们关心的是宇宙间的谜。我认为，在未来的时代里（而我也希望这个时代尽早来临），人们关心的重点将只有美，而不是美的外在背景。届时我们拥有的翻译作品水平，将会跟查普曼翻译的荷马史诗，厄克特[1]翻译的拉伯雷以及蒲柏翻译的《奥德赛》一样优秀[2]（我们现在已经有这么好的翻译作品了），知名度也会跟这些经典并驾齐驱。我衷心地期许能够达成这样的境界。

---

1 Thomas Urquhart（约 1611—1660），英国翻译家，其译文富有独创性，生动活泼，语言与技巧独特。译有《弗朗索瓦·拉伯雷先生的作品》。
2 乔治·查普曼翻译的《伊利亚特》于一六一四年出版发行；他翻译的《奥德赛》则于一六一四至一六一五年间发行。厄克特翻译了拉伯雷五册的著作，于一六五三年至一六九四年间出版发行。亚历山大·蒲柏翻译的《奥德赛》则是在一七二五年至一七二七年间发行。——原编者注

第五讲　诗与思潮

沃尔特·佩特说过，所有的艺术都渴望达到音乐的境界。[1] 很明显，这种说法的原因是在音乐中，形式（form）与内容（substance）是无法断然一分为二的（我这么说当然也是因为我只是个凡夫俗子）。旋律，或者任何一段音乐，是一种声音与停顿的组合形式，是在一段时间内展开的演奏，而我也不认为这种形式可以拆开来。旋律单单是形式罢了，然而情感却可以在旋律中油然跃升，也可以在旋律中被唤起。奥地利的批评家汉斯力克[2] 也这么说过，音乐是我们能够使用的语言，是我们能够了解的语言，不过却是我们无法翻译的语言。

不过在文学的领域里，特别是在诗的范畴，这种情形就正好相反了。我们可以把《红字》的故事情节讲给没有读过这个故事的朋友听，我想甚至还可以把叶芝的《莉妲与天鹅》（*Leda and the Swan*）这首十四行诗的形式、构架还有剧情讲出来。所以我们也很容易陷入把诗歌当成是混种艺术的思维中，把诗歌当成一种大杂烩。

罗伯特·路易斯·斯蒂文森也提过诗歌作品的这种双重特性。他说过，就某方面说来，诗歌反而比较接近凡夫俗子及市井小民。他说，因为诗歌的题材就是文字，而这些文字也就是日常生活中的对话题材。文字在每个人的日常生活中都用得到，文字也是诗人创作的素材，就像声音是音乐家创作的素材一样。斯蒂文森认为文字只不过是阻碍，是权宜之计。然后他才表达对诗人的赞叹，因为诗人得以把这些僵硬的符号用来传达日常生活的琐事，或是

1　摘录自《乔尔乔涅派》（*The School of Giorgione*），收录于佩特的《文艺复兴时期历史研究》（*Studies on the History of the Renaissance*）（一八七三年）。——原编者注

2　汉斯力克（Eduard Hanslick）是奥地利音乐评论家，著有《论音乐的美》（*Vom Musikalisch-Schönen*），于一八五四年初次印刷。英文版由古斯塔夫·科恩（Gustav Cohen）翻译，书名取为 *The Beautiful in Music*（伦敦：诺韦洛出版社，一八九一年）。——原编者注

把抽象的思考归纳为一些模式，他将之称为"网络"（the web）[1]。如果我们接受斯蒂文森的说辞，就产生了一种诗学理论——这种理论就是，文学作品所使用文字的意涵将会超越原先预期的使用目的。斯蒂文森说，文字的功用就是针对日常生活的送往迎来而来的，只不过诗人多少让这些文字成了魔术。我认为我是同意斯蒂文森的说法的。不过，我也觉得他可能是错的。我们都知道，孤独而有骨气的挪威人会经由他们的挽歌传达出他们的孤独、他们的勇气、他们的忠诚，以及他们对大海与战争萧瑟凄凉的感受。这些写下挽歌的人好像是穿越了好几个世纪的隔阂，跟我们是如此的亲近——我们知道，如果他们能够像理解散文那样理解出一些体悟的话，反而很难把这些想法付诸文字。阿尔弗雷德大帝的例子就是如此。他的文笔很直

1　参阅斯蒂文森的论文《论文学风格的基本技巧》（*On Some Technical Elements of Style in Literature*）（第二部分"网络"）。取自斯蒂文森的《旅游暨艺术创作散文集》（*Essays of Travel and in the Art of Writing*）。"任何艺术创作的动机或目的都是为了要创造出一个典型……这种网络，或者说这种典型竟是一种同时诉诸美感以及追求逻辑的形式，是种既优雅又意味深远的文本组织；而这就是风格，也就是文学艺术的根本。"——原编者注

接；这当然便于达成他的目的；不过却无法激起太多深刻的感触。就只是告诉我们一些故事而已——这些故事可能很有趣，可能很无聊，不过就只能这样子了；而同时期的诗人创作的诗歌至今仍然动人心弦，这些诗歌在今日还相当的活跃。

如果我们重新追溯这个历史的大争论的话（当然我是随便举个例子的；这个例子很可能放诸四海皆准），我们会发现文字并不是经由抽象的思考而诞生，而是经由具体的事物而生的——我认为"具体"（concrete）在这边的意思跟这个例子里的"诗意"（poetic）是同样的。我们来讨论一下像"恐怖"（dreary）这个词吧："恐怖"这个词有"血腥"（bloodstained）的意思。同样的，"高兴"（glad）这个字眼意味着"精练优雅"（polished），而"威胁"（threat）的意思是"一群威胁的群众"（a threatening crowd）。这些现在是抽象的字眼，在当初也都有过很鲜明的意涵。

我们再来讨论其他的例子。就拿"雷鸣"（thunder）这个词来看，再回头看看桑诺神（Thunor）吧，他是撒克逊版本的挪威托尔神[1]。"Punor"这个词代表了雷鸣与天神；如果我们询问与亨吉思特一同到英国的弟兄们，这个词到底是指天上的隆隆声响，还是指愤怒的天神，我不觉得他们会精明到能够清楚地辨别其中的差异。我觉得这个词同时蕴含了这两个意思，不会单单特别倾向其中一个解释。我觉得他们在说出"雷鸣"这个词的时候，也同时感受到天边传来的低沉雷鸣，看到了闪电，也想到了天神。这些词就像是魔术附了身一样；他们是不会有确定而明显的意思的。

职是之故，当我们谈到诗歌的时候，我们或许会说诗歌并不是像斯蒂文森所说的那样——诗歌并没有尝试把几个有逻辑意义的符号摆在一起，然后再赋予这些词汇魔力。相反的，诗歌把文字带回了最初始的起源。记得阿尔弗雷德·诺思·怀特海[2]就这么说过，在许许多多的谬误中，有种认为有完美字典存在的谬误——也就是认为每一种感官

1　所有早期日耳曼民族共有的神，通常被描述为力大无穷、蓄着红胡须的中年人，对人类颇为仁慈。托尔的名字（thor）在日耳曼语就是雷的意思，他的锥子就是雷霆的意思。

2　Alfred North Whitehead（1861—1947），英国数学家、教育家与形而上学家，与罗素合著《数学原理》。

感受、每一句陈述以及每一种抽象的思考，都可以在字典中找到一个对应以及确切的符号表征。而事实上，不同的语言就是不同的语言，这会让我们怀疑这种情况是否真的存在。

例如，在英文（或者说是苏格兰文吧！）里头有像是"奇异"（eerie）以及"恐怖"（uncanny）这样的字眼。这几个词在其他语言中是找不到的。（嗯，好吧，德文里头算是有"恐怖"〔unheimlich〕这个词吧！）为什么会这样呢？因为说其他语言的人并不需要这几个词汇——我想一个国家的人民只会发展他们需要的文字吧！这一点是切斯特顿观察到的（我想是在他那本讨论瓦茨的书[1]里头讲到的）。也就是我们可以推论出，语言并不像是词典告诉我们的那样，语言并不是学术界或是哲学家的产物。相反的，语言是历经时间的考验，经过一段相当冗长的时间酝酿的，是农夫、渔民、猎人、骑士等人所演进出来的。语言不是从图书馆里头产生的；而是

1　切斯特顿《G·F·瓦茨》（伦敦：达克沃斯出版社，一九〇四年）。博尔赫斯所谈到的应该是该书第九十一页到九十四页的部分，切斯特顿在这里谈到了符号、象征以及语言的捉摸不定。——原编者注

从乡野故里、汪洋大海、涓涓河流、漫漫长夜，从黎明破晓中演进出来的。

因此，我们可以得知一个语言的真相；那就是，从某方面看来，文字就像是变魔术那样地诞生了（对我来说，我觉得这很明显），或许在过去有段时间里"光线"（light）这个词有光线闪烁的意思，而"夜晚"（night）这个词有黑暗的意思。在"夜晚"这个例子里，我们或许可以臆测这个词最初代表的就是夜晚本身——代表着黑暗、威胁，也代表了闪亮的星星。然后，在经过这么长的一段时间之后，"夜晚"这个词才衍生出抽象的意思——也就是在乌鸦代表的黄昏，与白鸽代表的破晓，也就是白天，这两者之间的这一段时间（希伯来人就是这么说的）。

既然说到了希伯来人，我们或许还要再增加一个犹太神秘主义与犹太神秘哲学喀巴拉的案例。对犹太人而言，文字明显地隐藏了一种神秘的魔力。这也就是护身符、驱病符箓背后的故事——这些故事在《一千零一夜》里头都有提过。《圣经·旧约》第一章就曾经提过："神说，要有光，就有了光。"所以对他们而言，光线这个词很明显地蕴藏了一些力量，这个力量足够照亮整个世界，滋养新生命，也能产生光线。我曾经试着思考这个有关思考与意义的问题（这个问题很明显是我解决不了的）。我们稍早之前谈过，在音乐里头，声音、形式与内容都无法分割——事实上，它们都是同样的东西。也因此很可能会有人这么推论，同样的事情在诗歌里也会发生。

我们现在就来看看两位大诗人的作品。第一段取自伟大的爱尔兰诗人威廉·巴特勒·叶芝的一首短诗："肉体上的老朽是智慧；在年轻的时候，／我们彼此热爱着，却是如此地无知。"[1] 这首诗开头的第一句话就是一句声明："肉体上的老朽是智慧。"这句话当然可以用反讽的角度来诠释。叶芝很清楚，我们可能在肉体老化的时候却还没有成就任何智慧。我认为智慧比起爱还来得重要；而爱又比起纯粹的快乐更重要。快乐有时候是很微不足道的。我们在这一段诗看到另外一句关于快乐的陈述。"肉体上的老朽是智慧；在年轻的时候，／

---

1 威廉·巴特勒·叶芝《长久沉默之后》，参见《叶芝诗选》，理查德·J.芬纳兰编（纽约：麦克米伦出版公司，一九八三年），第二百六十五页第七至八行。——原编者注

我们彼此热爱着，却是如此地无知。"

现在我还要列举一首乔治·梅瑞狄斯的诗作。这首诗是这么说的："在壁炉的火焰熄灭之前，／让我们找寻它们跟星星之间的关联吧"。[1] 从表面看来，这一句话是错的。有人这么认为，我们唯有在历经肉体欲望之后才会对哲学感兴趣——或是说肉体欲望经历了我们之后——这样的说法，我想是错的。我们也知道很多年轻热情的哲学家；想想看贝克莱、斯宾诺莎，还有叔本华。不过，这跟我们要讨论的话题是没什么关联的。重要的是，这两首诗的这两个片段——也就是"肉体上的老朽是智慧；在年轻的时候，／我们彼此热爱着，却是如此地无知"。以及梅瑞狄斯的"在壁炉的火焰熄灭之前，／让我们找寻它们跟星星之间的关联吧"——由抽象的角度来看，这两段诗的意思几乎是相同的。不过它们所带动的感受却很不一样。当我们被告知——或是我现在就告诉各位——这两件事其实是一样的，你们会发自本能地马上感觉到这两首诗是没什么相关的，而这两首诗也真的很不

1　乔治·梅瑞狄斯《现代爱情》（一八六二年），第四首十四行诗。——原编
　　者注

一样。

我经常怀疑，究竟诗的意义是不是附加上去的？我相信，我们是先感受到诗的美感，而后才开始思考诗的意义。我不晓得是不是已经引用过莎士比亚的这首十四行诗。这首诗是这么说的：

> 人间明月蚀未全，
>
> 卜者预言凶戾自嘲其所言；
>
> 祸已为福危为安，
>
> 盛世为报橄榄枝万世展延。[1]

我们来看一看这首诗的注脚，我们先看到这首诗的头两行——"人间明月蚀未全，／卜者预言凶戾自嘲其所言"——这两行诗被认为所指涉的是伊丽莎白女王——也就是终生维持处女之身的女王，宫廷诗人常把这位深得民心的女王比喻为月亮女神黛安娜，同样是圣洁的处女。我认为当莎士比亚写下这

---

1 莎士比亚，第一百零七首十四行诗。 ——原编者注

几行诗的时候，他脑子里想到了两个月亮。他想到了"月亮，处女女王"这个比喻；我也认为他不得不想到天上的明月。我要说的重点是，我们其实不用这么拘泥在这些诠释上——不用局限于任何一个诠释。我们先要感受这首诗，然后才去决定要采用的是这一个诠释，还是另外一个，或者照单全收。"人间明月蚀未全，／卜者预言凶戾自嘲其所言"这首诗对我而言，至少有一种独特的美感，这种美远远超乎种种人们诠释的观点。

当然，这些诗篇都是既美丽而又无意义的。不过至少还是有一个意义——不是对推理思考而言，而是对想象而言。就让我举一个简单的例子好了："越过明月的两朵红玫瑰。"[1]可能有人会说这里要说的是文字所呈现出来的意象；不过对我而言，至少这一句话没有明确的意象。这些文字里头有种喜悦，当然在文字中轻快活跃的节奏里，在文字的音乐里都有。让我们再另外举一个威廉·莫里斯写的诗为例："'那

---

[1] 威廉·莫里斯《越过明月的两朵红玫瑰》，参见《捍卫桂妮薇儿及其他诗篇》（伦敦：朗文格林联合出版，一八九六年），第二百二十三至二百二十五页。这一句话在该诗九诗段中的每一个都一再重复引用。——原编者注

么，'美丽的花精灵约蓝说道，"（美丽的约蓝是个巫婆。）

"'这就是七塔之旋律了。'"[1]我们把这句话从上下文抽离出来，不过我觉得这首诗仍然成立。

即使我喜爱英文，不过有的时候当我在回想英文诗的时候，仍会想起西班牙文。我要在此引述几行诗。如果你不了解这几行诗的话，你可以这么想，连我都不了解这几句话了（这样你就会比较舒服一点了），而且这几行诗根本就毫无意义。这几首诗很美，不过却美得很没有意义；这首诗本来就不打算表达些什么。这首诗取自一位常被遗忘的玻利维亚诗人里卡多·哈伊梅斯·弗雷雷（Ricardo Jaimes Freyre）——他是达里奥以及卢贡内斯的友人。他在十九世纪最后十年写下了这首诗。我希望我能够背下整首十四行诗——我想各位在聆赏这首诗的时候都会听到一些洪亮清澈的韵律。不过我没必要这么做。我觉得光这几行诗就足够了。这几行诗是这

1 威廉·莫里斯《七塔之旋律》，参见《捍卫桂妮薇儿及其他诗篇》第一百九十九至二百页。博尔赫斯于此处又再度引用反复句。这首诗于一八五八年创作，由但丁·加布里耶尔·罗塞蒂的画作《七塔之旋律》启发而创作。——原编者注

么说的：

> 云游四海的想象之鸽
>
> 点燃了最后的爱恋，
>
> 光线，乐声，与花朵之灵，
>
> 云游四海的想象之鸽。[1]

这几行诗什么都不是，它们没有任何意义；不过这几行诗还是成立的。它们代表的是美的事物。它们的韵味——至少对我而言——还真是回味无穷。

既然我已经引述过了梅瑞狄斯的话，现在我还要引述他的另外一个例子。这个例子跟其他的不太一样，因为这首诗蕴含了一些意义；我们坚信，这首诗跟诗人本身的经验绝对有关联。不过，如果我们真的深入调查诗人的亲身经验，或

---

1 以上这段诗的英文翻译如下：
　　Wandering imaginary dove
　　That inflames the last loves,
　　Soul of light, music, and flowers,
　　Wandering imaginary dove.
——原编者注

是如果诗人亲口告诉我们他是如何想到并且写下这首诗的，那还真的会满头雾水呢。这几行诗是这么说的：

> 爱情剥夺了我们身上不朽的精神，
>
> 不过这个小东西还慈悲地带给我们，
>
> 待我从拂晓晨波看透
>
> 天鹅羽翼下覆盖着幼儿，一同优游。[1]

在第一行里头，我们发现了让我们觉得奇怪的思考："爱情剥夺了我们身上不朽的精神"——而不是我们很可能会想到的，"爱情让我们不朽"。不是的——这首诗是这么说的——"爱情剥夺了我们身上不朽的精神，／不过这个小东西还慈悲地带给我们。"我们会想到诗人所讲的正是他本人以及他所挚爱的人。"待我从拂晓晨波看透／天鹅羽翼下覆盖着幼儿，一同优游。"我们在这行诗中感受到三重（threefold）的节奏感——我们毋需任何天鹅的奇闻轶事，也不用解说天鹅是如

---

[1] 引自梅瑞狄斯《现代爱情》，第四十七首十四行诗。——原编者注

何游入河流然后又流入梅瑞狄斯的诗中，然后又是如何成为我永远的记忆。我们都知道，至少我很清楚，我已经听到让我永难忘怀的名句了。而且我也可以说这就是汉斯力克所说的音乐了：我能够回想起这首诗，也能够了解这首诗（这不光只是依靠逻辑推理而已——这还需要倚赖更深入的想象力呢）；不过我就是没办法把这首诗翻译出来。而且我也不认为这首诗还需要什么翻译。

我刚刚使用过"三重"这个字眼，我又想到一个希腊亚历山大城诗人引用过的比喻。他写过这句话，"三重夜晚的七弦琴"（the lyre of threefold night）。这行诗的美震撼了我。我接着查阅注释，发现原来七弦琴指的是海格立斯，而海格立斯正是由朱庇特在一个有三个夜晚这么长的夜里诞生的，因此天神享受到的愉悦也就特别的深刻了。这样的解释有点牛头不对马嘴；事实上，这样的诠释对于诗本身还是一种伤害呢。这些解释提供给我们一则小小的奇闻轶事，不过却也让这则了不起的谜团略为失色，也就是"三重夜晚的七弦琴"这一句话。这样子就够了——就让这首诗维持住谜样的面貌。我们没有必要把谜解开。谜底就在诗里头了。

我一开始的时候就说过了，早在人类创造文字之前，文字就已经相当活跃了。我还讲过，"雷电"这个字眼不但有雷鸣的意思，更有天神的意涵。我也谈过"夜晚"这个字。谈到了夜晚，就免不了想到《芬尼根守灵夜》的最后一句话——我想这对大家而言也是很好的——乔伊斯是这么说的："如河流般，如流水般流向这里也流向那里。夜晚啊！"[1]这是个极端的精心雕琢之作。我们感觉到像这样的诗行，要几个世纪以后才会有人写得出来。我们感觉到这一句话本身就是一种创新，是一首诗——一张复杂的网络，就像是斯蒂文森曾经描述过的那样。我也很怀疑，以前或许有段时间，"夜晚"这个词也曾经很令人印象深刻，令人觉得很突兀，也令人觉得恐怖，就像这句美丽蜿

1　这一整段话是这么说的："Who were Sham and Shaun the living sons or daughters of? Night now! Tell me, tell me, tell me, elm! Night night! Telmetale of stem or stone. Besides the rivering waters of, hitherandthithering waters of. Night!"博尔赫斯对于乔伊斯最后一本小说的态度是很暧昧的："对于整段生涯的好坏评判就在于乔伊斯的最后两部作品……其中《芬尼根守灵夜》的主角就是英文，因此这本书无可避免地一定很难懂，而且也必定很难翻译成西班牙文。"参阅罗贝托·阿利法诺《与博尔赫斯谈话》（马德里：辩论出版社，一九八六年），第一百一十五页。——原编者注

蜓的句子："如河流般，如流水般流向这里也流向那里。夜晚啊！"

当然啦，写诗的方法有两种——至少，有两种相反的方法（当然还有其他很多种方法）。其中的一种是诗人使用很平凡的文字，不过却能让诗的感觉很不平凡——也就是从诗里面变出魔术。这种典型的诗有一个很好的范例，就是由埃德蒙·布伦登[1]所写的英文诗，这是轻描淡写的风格：

> 我曾经年轻过，现在也不算太老；
>
> 不过我却目睹正义公理遭到抛弃，
>
> 他的健康、他的荣耀，以及他的素养获得维系。
>
> 这可不是我们以前听过的经纶大道。[2]

---

1 Edmund Blunden（1896—1974），英国诗人，用传统的格律吟咏英国的乡村生活，境界幽深。

2 这几行诗摘录自埃德蒙·布伦登的《论经验》（*Report on Experience*）。这几行诗特别强而有力是因为，这几句话与詹姆斯国王钦定版《圣经》的一段话相互辉映，当然多少还是有点更改："我也曾年轻过，不过现在老了；不过我还没看到正义公理遭到鄙弃，也还没见到他的后代沦落到乞食维生的地步。"（赞美诗 37：25）——原编者注我们在这首诗里看到的都是很平凡的字眼；得到的意义也很平凡，至少我们的感受是很平淡的——这是更重要的。不过这首诗的文字却不像我们刚刚列举过的乔伊斯的例子那样的突出。

接下来我要列举的例子，只是要引用别人的话而已。这句话只有三个单词。它是这么说的："耀眼的象牙之门"（Glittergates of elfinbone）。[1] "闪耀之门"（Glittergates）是乔伊斯给我们的献礼。接着我们就看到了"象牙"（elfinbone）这个词。当乔伊斯在写下这句话的时候，他肯定想到了德文里头的象牙，"Elfenbein"。"Elfenbein"是"Elephantenbein"这个词的变形，原来的意思是"大象之骨"（elephant bone）。不过乔伊斯却瞧出了这个词的发展性，而且也把这个词翻译成英文；因此我们就有了"象牙"（elfinbone）这个字眼。我个人觉得 elfin 这个词要比 elfen 这

---

1 "Luck! In the house of breathings lies that word, all fairness. The walls are of rubinen and the glittergates of elfinbone. The roof herof is of massicious jasper and a canopy of Tyrian awning rises and still descends to it." 詹姆斯·乔伊斯《芬尼根守灵夜》，第二百四十九页（第二部）。——原编者注

个词还美。此外，因为 Elfenbein 这个词我们已经听过好多次了，因此我们在 elfinbone 这个既新奇又优雅的词里头，再也感受不到任何意外的冲击，也不会让我们再感到讶异了。

因此，写诗的方法有两种。大家通常把它区分成平淡朴实与精心雕琢的风格，我认为这种区分方式是错误的。因为重要而且有意义的是一首诗的死活，而不是风格的朴实与雕琢。这完全取决于诗人。比如说，我们可能会读到很令人震撼的诗，不过这种诗的文字却可能很朴素，而且对我而言，我并不会比较不欣赏这种诗——事实上，我有的时候还觉得跟其他诗相比，这种诗反而比较值得欣赏呢！例如斯蒂文森写的这首《安魂曲》就是一个例子（虽然我刚刚才反对过他，不过现在却要赞扬他）。

仰望这片广阔缤纷的星空，

挖个坟墓让我躺平，

我在世的时候活得很如意，死的时候也很高兴，

我怀了个心愿躺平。

这就是你在坟上为我写的墓志铭；

"躺在这里的人适得其终；

水手的家，就在大海上，

而猎人的家就在山丘上。"

这首诗的文字很平淡；平淡且鲜明。不过，诗人一定也是经过相当的努力才能达到这样的效果。"我在世的时候活得很如意，死的时候也很高兴。"我不认为这样的句子随便就可以想得出来，只有在极难得的机会里，灵感才会慷慨地降临。

有人把文字当成一连串代数符号的组合，我认为这种想法是来自字典的误导。这并不是我对字典忘恩负义——约翰逊博士（Dr. Johnson）的词典、斯基特博士的词源词典，还有精简本的牛津词典[1]，都是我平日喜好的读物。我觉

---

[1] 塞缪尔·约翰逊博士的《英语词典》（*Dictionary of the English Language*）一七五五年于伦敦出版。斯基特博士的《英语词源词典》（*Etymological Dictionary of the English Language*）约莫是在一八七九年至一八八二年间首度于英国牛津出版。《精简牛津英语词典》（*The Shorter Oxford English Dictionary*）（依据十二巨册的牛津英语词典缩减而成的精简版本）首度于一九三三年在牛津出版。——原编者注

得词典里头一长串的单词以及解释定义，会让我们觉得解释会消耗掉文字的意义，觉得任何一个生字、词汇都可以找到相互替换的字。不过我却认为每一个字都应该单独地存在，并且也都要有它独特的意思。而且每个诗人也都应该这么认为。当作家使用罕见词汇的时候，我们更是容易产生这样的感觉。比如说，我们会觉得"戮力"（sedulous）这个词是相当少用，却很有趣的词汇。不过当斯蒂文森写给哈兹里特（Hazlitt）的时候——在此我要再度向他致敬——他提到，"他像人猿一般地戮力工作"（played the sedulous ape），这个词汇顿时又显得活灵活现。[1] 所以我想，文字的起源是魔术，而且文字也经由诗歌产生了魔力，这种说法真的是一点也不假（这种说法当然不是我独创的——我很肯定别的作家也提过这样的说法）。

现在我们还要讨论另外一个问题，一个相当重要的问题：也就是信服力的问题。当我们阅读一位作家的时候（我们想

1　罗伯特·路易斯·斯蒂文森《回忆与肖像》（一八八七年）第四章："我像人猿一般地戮力工作，努力拜读哈兹里特，兰姆，华兹华斯，托马斯·布朗爵士，笛福，霍桑，蒙田，波德莱尔，以及奥伯曼。"——原编者注

到的可能是散文，可能是韵文——不过情形都没两样），我们必须要先相信他。要不然，就应该做到像柯勒律治所说的"主动而不确定的怀疑"（willing suspension of disbelief）[1]。当我谈到精雕细琢的诗歌，谈到文字的浮现，我当然应该要记得这首诗：

> 编织三个可以围绕住他的圈圈，
> 然后抱持戒慎恐惧的心情阖上眼，
> 因为他食用的是蜂滋润露，
> 饮用的是来自天堂的琼浆玉乳。[2]

现在让我们来谈谈这种在诗以及散文中都需要的信念——这是我们这堂演讲最后的主题了。比如说，在小说作品当中，我们对小说的信念就是相信故事的主角。（为什么我们在谈论诗歌的时候，不能讨论小说呢？）如果我们相信故事主角，

1　柯勒律治《文学传记》第十四章：当下主动而不确定的怀疑，构成了对诗歌的信念。——原编者注
2　这是柯勒律治诗作《忽必烈汗》（*Kubla Khan*）的最后四行。——原编者注

那么所有的事情都好说了。我不太肯定——我希望我这种说法对各位而言不会是异端邪说——不过我对于堂吉诃德的历险就不是这么肯定了。我或许不相信其中的一些情节。我觉得有些情节被夸大了。我很肯定，当骑士跟乡下绅士讲话的时候，这些长篇大论都不是他编出来的。不过这些都不重要；真正重要的是我相信堂吉诃德本人。这就是为什么阿索林的《堂吉诃德冒险路线图》(*La ruta de Don Quijote*)，甚至是乌纳穆诺的《堂吉诃德与桑丘的人生》(*Vida de Don Quijote y Sancho*) 会让我震惊的原因了，这种书都很无关痛痒，原因就在于他们看待这些冒险的态度都太过严肃了。我真的很相信堂吉诃德这位骑士。即使有人告诉我这些事情从来都没有发生过，我依然还是会相信堂吉诃德，就如同我信任朋友的人格一样。

我有幸拥有许多位值得尊敬的朋友，而我的这些朋友也有很多的奇闻轶事。而有些关于他们的奇闻轶事——我很抱歉这么说，不过我也颇为骄傲——其实都是我掰出来的。不过这些轶事都不假；基本上，这些奇闻轶事都是真的。德·昆西说过，所有的奇闻轶事都是伪造的。我却认为，如果他能够更深入研究这些传闻的话，他就会改口了，他会说，这些奇闻轶事并非史实，不过基本上都是真的。如果故事讲的是男人，而这个故事又几乎是他个人的写照，那么这个故事就是他的象征了。当我想起我那几位挚友的时候，像堂吉诃德、匹克威克先生、福尔摩斯先生、华生医生、哈克贝利·费恩、培尔·金特等人（我也不确定我还有没有其他的好朋友），我觉得撰写这些故事的人或许都在吹牛皮，不过他们写的这些冒险故事，就像是镜子一般地反映出这些人的外表与个性。也就是说，如果我们相信福尔摩斯的话，那么在看到他穿着一身棋盘格花纹服装的时候，可能还是会面带嘲讽地瞧着他；我们根本就不需要怕他。所以这也就是我说的，重要的就是相信故事里的角色。

在诗歌的领域里，这也许会有点不一样——因为作家都是用比喻来写作的。我们不需要相信这些隐喻。真正重要的是，我们应该要把这些隐喻连结到作家的情绪上。我应该这么说，这样子就已经足够了。比方说，当卢贡内斯描写到夕阳的时候，就把夕阳形容成"一只色彩鲜艳的绿色孔雀，不加修饰地以金黄色的面貌示人"[1]。我们不需要担心夕阳跟绿色的孔雀有哪些地方相像——有哪些地方不像。重要的是，我们要感觉到他被夕阳震撼住了，而且他也需要使用这个比喻来向我们传达他的感受。这就是我所说的对诗歌的信任感。

这一点当然跟文字的平淡或是花哨没有什么关联。比方说，当弥尔顿这么写的时候（很抱歉我还要提醒你，这句话就是《复乐园》的最后一句话），"他并没有找出 / 重返母亲故乡的路"（hee unobserv'd / Home to his Mothers house private return'd）[2]。这段话的文字是再平淡不过了，不过这些文字同时也都是死板的文字。当他写道，"当我想起我的生命是如何的蹉跎掉 / 我的岁月还只剩下一半，我的生命都耗在黑暗当中。"[3]这段话的文字就比较精雕细琢一点，不过却活灵活现。照这样说来，我认为像是贡戈拉、约翰·邓恩、威

1 A violent green peacock, deliriated\unlillied in gold.——原编者注
2 《复乐园》(*Paradise Regained*) 第四卷第六百三十八至六百三十九行；参见《弥尔顿作品全集》，约翰·T·肖克罗斯编（纽约：道布尔戴出版公司，一九九〇年），第五百七十二页。——原编者注
3 摘自弥尔顿一首感叹自己双目失明时的四行诗：《当我想到我虚掷光阴》(*When I Consider My Light Is Spent*)（一六七三年）。——原编者注

廉·巴特勒·叶芝，以及詹姆斯·乔伊斯等作家也都获得了平反。他们的文章段落、他们的文字尽管可能很难懂，我们可能会觉得这些文章很奇怪，不过却能感受到文章背后的感情，这些感情都是真实的。而光是这一点就足以让我们崇拜这些作家了。

我今天已经谈过几位诗人了。不过很抱歉，在最后一场讲座中，我要谈论的是一位小诗人——这位诗人的作品我也没读过，不过这位诗人的作品我一定写过。我要谈论的就是我自己。而且我也希望各位能够原谅我做出这么让大家倒胃口的事。

第六讲 诗人的信条

我的目的是要为各位讲述诗人的信条，不过就在我检视自己的时候，才发现我本人的信条其实是相当站不住脚的。这些信条或许对我而言很受用，不过对别人就很不一定了。

事实上，我把所有的诗学理论都当成写诗的工具。我认为信条可以有很多种，就像宗教有很多种，诗人也可以有很多种一样。最后我还会谈到我个人对写诗的好恶，我会从个人的记忆着手，其中不但有当诗人的记忆，也有做读者的记忆。

基本上，我是把自己设定为读者的角色的。各位都知道，我一开始写作也是误打误撞的；我觉得我读过的东西远比我写出来的东西要来得重要。我们都只阅读我们喜欢的读物——至于写出来的东西就不一定是我们想要写的，而是写得出来的。

我想到六十几年前的一个夜晚，那时我待在父亲位于布宜诺斯艾利斯的图书馆里。我望着我的父亲，望着煤气灯火；我的手就摆在书柜上。即使现在已经没有这座图书馆了，我还是记得在哪里可以找到伯顿的《一千零一夜》还有普雷斯科特的《秘鲁征服史》。只要回想起很久以前在南美洲的这些夜晚，我就会看见我的父亲。我现在就可以看到他；也可以听见他的声音，我不了解他说的是什么，不过却可以感受得到。这些话取自于济慈的诗，是从《夜莺颂》这首诗来的。这首诗我已经反复读过好几遍了，各位可能也跟我一样，不过我还是要再度讨论这首诗。我想如果我好好讨论这首诗的话，我父亲在天之灵也会感到欣慰的。

我记得的这几行诗跟各位现在想到的部分可能是一样的：

你生来就不会死，永生之鸟！

没有辘辘饥肠糟蹋蹂躏；

我今夜听到的歌声唱吟

古代帝王与农夫也同样听得到；

或许同样的这一首歌也

进入了露丝悲伤的心，满怀对家乡的想念，

让她站在异国的玉米田中，泪流满面。[1]

我以为我已经知道所有的字了，我以为我对语言很了解（我
们在小的时候都以为自己懂得很多），这些文字却给了我很
大的启示。很显然，我根本就不懂这首诗。我要如何才能了
解，既然这些夜莺生存在当下——而且它们也都只是芸芸众
生——为什么它们可以永生不灭呢？我们有一天都会死去，
因为我们都生活在过去与未来——因为我们都记得我们尚未
出世的某段时间，而且也都可以预知将会死去的时间。这些
诗都是经由这些音乐得来的。我以前认为语言是说话的方式，
是抱怨的工具，是诉说我们喜怒哀乐的工具，等等。不过就
在我听到这几行诗的时候（从某方面来说，我从那个时候起
就已经开始听这首诗了），我知道语言也可以是一种音乐，一
种热情。因此诗启发了我。

---

1 约翰·济慈《夜莺颂》，第六十一至六十七行。——原编者注

我想到了一个观念——这个想法就是，虽然人的生命是由几千个时刻与日子组成的，这许多的时刻与日子也许都可以缩减为一天的时光：这就是在我们了解自我的时候，在我们面对自我的时候。我认为犹大亲吻耶稣时（如果他真的亲吻了耶稣的话），当下就了解到他已经是个叛徒了，沦为叛徒就是他的宿命，而且他也真的很忠于邪恶的宿命。我们都记得《红色英勇勋章》，这个故事的主角就搞不清楚他到底是个英雄还是懦夫。到时间他自然就知道了。当我听到济慈的诗，刹那间就感觉到这真是个很伟大的经验。从那之后我就一直在体会这首诗了。也就是从那时开始（为了演说的效果，我想我可能多少有点言过其实），我就把自己当成"文人"（literary）了。

　　也就是说，很多事情都曾降临过我身上，所有的人也都一样。我在很多事情上都可以找到喜悦——像游泳、写作、看日出日落，或者像谈恋爱，等等。不过我的生命重心是文字的存在，在于把文字编织成诗歌的可能性。当然啦，我一开始也只是一个读者。不过我觉得身为读者的喜悦是超乎作者之上的，因为读者不需要体验种种烦恼焦虑：读者只要感受喜悦就好了。当你只是读者的时候，这种喜悦是可以很容易就感受得到的。因此，在谈论我的文学创作之前，我想先谈谈几本对我很重要的书。我知道我列举的这份名单一定遗漏了很多，所有的名单难免都会有遗珠之憾。事实上，列举名单的风险就是遗漏的部分往往会凸显出来，而且别人也会觉得你很不灵光。

我刚才提过伯顿的《一千零一夜》。当我提到《一千零一夜》的时候，我指的不是那几大本厚重而又有卖弄学问嫌疑的大册子（这些故事是相当刻板无趣的），我说的是正牌的《一千零一夜》——也就是加朗[1]或许还有爱德华·威廉·莱恩所翻译的《一千零一夜》。[2]我平日阅读的读物几乎都是英文；我读过的很多书都是英文版的，而且我也相当感激这样特别的际遇。

1　Antoine Galland（1646—1715），法国东方学专家，以改编《一千零一夜》著称。

2　博尔赫斯在《一千零一夜的译者们》一文中特别讨论到这个问题，该文收录于他一九三六年的著作《永恒史》。法国学者安托万·加朗在一七〇四至一七一七年间出版了他的《一千零一夜》。英国东方学学者爱德华·威廉·莱恩（Edward William Lane，1801—1876）在一八三八年至一八四〇年间，出版了他的英文翻译版本。——原编者注当我想到《一千零一夜》的时候，我首先感受到的就是这本书的海阔天空。不过与此同时，虽然书中的内容相当广泛，文笔也相当自由，但我知道故事情节却只局限在少数几个形态上。比如说，三这个数字就经常出现。这本书也没有角色，或者说是没有扁平人物[1]（大概除了那位沉默的理发师吧）。我们可以在书中找到善人与恶人的典型，奖励与惩罚，魔戒与具有法力的宝物，等等。

虽然我们很容易就认为厚重的巨著会带来沉重的压力，不过我却认为，有很多书的地位就在于它们的长度。例如说，在《一千零一夜》的例子里，我们要知道的是这本书是一部大部头的巨著，书中的故事会源源不断地接下去，这些故事我们可能永远都听不完。我们可能读不完《一千零一夜》里的每一个夜晚，不过这些漫漫长夜的存在却会让整本书更有广度。我们也都知道可以更深入地考究这些故事，也可以随意浏览。而这些冒险故事、魔术师、美丽的三姊妹，以及种

1　Flat character，小说家福斯特（E. M. Forster）所用术语，形容只按一种观念或特质塑造的人物。扁平人物不会令读者感到意外，只要一眼即可看出来，一句话就可以代表出扁平人物的特质。常与圆形人物（round character）对照使用。

种惊奇冒险都会在书中等待我们展开扉页。

这边还有几本书是我要回忆的——例如，《哈克贝利·费恩历险记》，这本书是我最早阅读的书之一。从那时起，我反复阅读这本书好几次，还有《苦行记》（这是我搬到加州后最早读的书）和《密西西比河畔的岁月》等书我也读过好几次了。如果要我分析《哈克贝利·费恩历险记》，我会这么说，要写出一本好书，或许你只需要秉持一个简单的中心原则就好了：故事的构架中应该要有一些有趣的想象空间才对。在《哈克贝利·费恩历险记》这本书里头，我们感受到了黑人，感受到了小男孩，感受到了小木筏，也感受到了密西西比河，以及漫漫长夜——这些故事元素都有助于打开想象的空间，也都是想象力很容易接受的题材。

我也要谈谈《堂吉诃德》。这是一本我最早从头到尾读完的书之一。我都还记得书中的版画插图。我们对自己的了解真的很少，我在阅读《堂吉诃德》的时候，以为我会把书读完是因为这本书的风格很复古，还有就是骑士跟他随从的冒险都很好笑。不过我现在知道我阅读的乐趣在哪里了——我阅读的快感就在于骑士的角色刻画。我现在也不确定我还相不相信这些故事，也不知道还信不信骑士跟随从之间的对话；不过我却相信骑士的角色刻画，也相信这些故事都是塞万提斯想出来的，为的就是要更能够呈现出故事角色的性格。

同样的事情也可以在另外一本书中找到，我们或许也会把这本书称为经典之作。就是福尔摩斯与华生医生的故事。我不知道我还信不信巴斯克维尔猎犬的故事。我知道我不会被一只漆上发光漆的狗吓到。不过我确定的是，我相信福尔摩斯先生，我也相信他跟华生医生之间独特的友谊。

我们当然都不会知道未来会发生什么事情。我认为就长期而言，所有的事情在未来都会发生。所以我们可以先想象出一个堂吉诃德跟桑丘，还有福尔摩斯跟华生医生都还活着的时间，即使他们的冒险经历都已经抹煞殆尽了也无所谓。因为，其他语系的人仍然会再接再厉地开发出适合这些角色的故事——这些故事会像镜子一样反映出角色性格。就我所知，这种事情是很可能发生的。

现在我要跳过一段时间，直接讨论我在日内瓦的岁月。我那时候是个郁郁寡欢的年轻人。我觉得年轻人好像特别喜欢这种强说愁的感觉；他们几乎是竭尽所能地让自己愁眉不展，而且他们通常也都能够得逞。然后我就发现了一位作家，毫无疑问的，这位作家是个非常快乐的人。我应该是到了一九一六年的时候才读到沃尔特·惠特曼的诗，然后才觉得我那时的郁郁寡欢是很可耻的。我觉得很可耻，因为我还会刻意阅读陀思妥耶夫斯基来让自己更闷闷不乐。我后来反复阅读沃尔特·惠特曼的诗集好几次，也读过他的传记，我在想，或许当沃尔特·惠特曼自己读到他的《草叶集》的时候，可能也会这样自言自语："喔！真希望我是沃尔特·惠特曼，自成一个宇宙，这个曼哈顿的好男儿！"[1]毋庸置疑，他的确是一个与众不同的人。毫无疑问，他从自己身上发展出"沃尔特·惠特曼"的风格——这是一种奇妙之至的投射。

与此同时，我也发现了一位不同凡响的作家。我发现了托马斯·卡莱尔——我也被他的文采所折服。我读过他的《衣裳哲学》(Sartor Resartus)，而且也还记得好几页的内容；我已经背下这几页的内容了。我就是因为卡莱尔的缘故才开始学德文的。我还记得我买过海涅写的《歌集》

---

1 摘自惠特曼的《草叶集》(Leaves of Grass，一八九二年版)之《自我之歌》。——原编者注

（*Lyrisches Intermezzo*），还有一本德英字典。一段时日之后，我发现我已经可以抛开字典，然后开始阅读他描写的夜莺，他描写的明月，他的松树，他的爱，以及其他种种。

不过我那时真正想要的，还有我没发觉到的其实是德国精神（Germanism）的概念。我觉得，这种想法其实并不是德国人自己想出来的，而是由一位罗马绅士塔西佗想出来的。在卡莱尔的引导下，我认为我可以在德国文学中找到这种德国精神。我发掘到的还有很多别的东西；我很感谢卡莱尔，因为经由卡莱尔我才会接触到叔本华，才会读到荷尔德林，才会接触到莱辛等人。不过我的想法——我认为人不见得都要是知识分子，不过却都要能够英勇尽忠，也要抱着男子气概来迎接宿命的挑战——比方说，我就没有在《尼伯龙根之歌》里头找到这样子的想法了。这一切对我而言似乎都太过浪漫了。我要在好几年后，在挪威人的英雄传奇以及在研读古英文的时候才找得到这样的感觉。

最后我终于知道我年轻的时候在寻寻觅觅些什么了。我在古英文里找到了粗犷的语言，不过这种语言的粗犷却带来了一定的美感，也带来了深刻的感受（即使这种感受说不上真正的深入）。我认为，能在诗歌当中有所感触也就够了。如果这种感触冲着你而来，这样的感觉也就够了。因为我喜欢阅读比喻，所以才开始研读古英文。我在卢贡内斯的书中读到，比喻是文学作品最根本的成分，我也接受了这样的言论。卢贡内斯说，所有的文字在一开始的时候都是比喻。这种说法没错，不过如果能够知道大部分的词汇的话，你也要忘记这些文字也都是比喻的事实，这么说也没错。例如，如果我说，"风格应该要朴素"，那么我就不认为我们应该需要知道"风格"（style，stylus）的字源有"笔"的意思，而"朴素"（plain）的意思正好是"平坦"（flat）。因为如果这样思考的话，是永远也无法理解我这句话的。

请原谅我又要再次回忆起我的孩童岁月了，我又想起了那个时候让我惊为天人的作家。我在想到底有没有人注意过，其实爱伦·坡跟王尔德都是相当适合儿童的作家。至少，我小时候就对爱伦·坡的小说印象深刻，一直到现在，几乎每次只要我重读这些作品，他的文笔风格还是会让我为之赞叹。事实上，我想我很清楚为什么爱默生会说埃德加·爱伦·坡的文笔"铿锵有声"（jingle）了。我认为这些构成适合儿童阅读的条件还可以套用到其他很多作家身上。在有些例子里，这样的陈述并不尽公正——比如说像斯蒂文森，或吉卜林的作品都是；尽管他们写作的对象是大人，也考虑到了小孩子。不过也有一些作家是年轻时必读的作家，因为如果你已经到了发苍苍而视茫茫的年纪才来读这些书，这些书可能就不那么有趣了。我这样说可能有点亵渎，如果我们想要享受波德莱尔或是爱伦·坡的作品，我们就一定要年轻才能得到。上了年纪才来读这些书的话就很难了。到了那时候我们就要忍受很多事情；那时我们就会考量到历史背景等种种因素。

至于隐喻嘛，我现在要再附加一点，我现在认为隐喻远比起我想象中还要来得复杂多。隐喻不只是单纯地把某件事比喻成另外一件事而已——不是说说"月亮就像那……"这样的话就行得通了。没那么简单——隐喻可以用更为精致的方式来处理。想想罗伯特·弗罗斯特吧！你当然还记得这一段话：

　　不过我还有未了的承诺要实现，

在我入睡之前还有几里路要赶，

　　在我入睡之前还有几里路要赶。

如果我们单单拿最后这两行来看的话，第一行诗——"在我
入睡之前还有几里路要赶"——这是一种陈述：诗人想到的，
是好几里的路程还有睡眠。不过，就在他重复这句话的时
候，"在我入睡前还有好几里路要赶"，这句话就变成一句隐
喻了；因为"路程"代表的是"好几天"、"好几年"，甚至
是好长好长的一段时间，而"睡眠"更是会让人跟"死亡"
联想在一块儿。或许我点出这一点无助于各位的理解。或许
这首诗的乐趣并不在于把"路程"解释为"时光"，也不在
于把"睡眠"解释成"死亡"，而在于感受字里行间的隐约
暗示。

　　同样的情形我们也可以在弗罗斯特的另外一首杰作里找
到。《与深夜邂逅》（*Acquainted with the Night*）的一开头，
"我是与深夜邂逅的人"（I have been one acquainted with the
night），这句话的意思可能真的就是字面上的意思。不过这
句话在诗的最后一行又再度出现：

天上高挂的发亮的时钟，

告诉我们时间虽不正确也没错。

我与深夜邂逅。

这样我们就会把夜晚联想成邪恶的意象——我想，这大概会是个欲火焚身的夜晚吧！

　　我刚刚谈过堂吉诃德，也讲过福尔摩斯；我说过要相信故事的角色，而不是相信冒险故事，更别轻信小说家嘴里说的话。我们现在可能会想，有没有可能找到一本完全相反的例子。有没有可能找到一本我们不相信故事角色，不过却相信故事情节的书？我这里又想到了另外一本令我颇为惊讶的书：我记得梅尔维尔的《白鲸》。我不确定我是否相信亚哈船长这个角色，也不太确定我是否相信他跟白鲸之间的深仇大恨；我其实并没有把这两个角色拆开来看。不过我还是很相信这些故事的——也就是说，就寓言的层次而言，我是相信这个故事的（不过我也不确定这究竟是个什么样的寓言——或许是个对抗邪恶的寓言，是描述用不正当的方式来对抗邪恶的寓言）。我在想会不会有这样的书刚好谈到这样的问题。

在《天路历程》一书中，我认为我是既相信寓言，也相信故事角色的。这一点我们就应该好好研究研究了。

记得诺斯替教徒说过，唯一能够免于犯罪的方法就是去犯罪，因为从此以后你就会改过向善了。在文学的领域里，这种说法是完全正确的。如果在我写完了十五册让人受不了的书之后，发现这些书里头还有四五页的篇幅是可以接受的话，我还是会很高兴的。而我不但要付出多年的努力，更要经历磨练与犯错的过程。我想我是不至于犯完所有可能会犯的过错吧——因为错误是数也数不尽的——不过我犯过的错误还真不少。

例如说，跟很多年轻作家一样，我也曾以为自由诗体（free verse）会比格律工整的诗要来得好写。不过我现在可以相当肯定地说，自由诗体要比格律工整的古诗远远来得难写。而我的证据就是——如果还需要什么证据的话——文学的滥觞都是从诗歌开始的。我大概会这么解释，一旦格律订定之后——不管是哪种格律，是押尾韵、押母韵、押头韵，或是采用长音节、短音节等格律都好——你只要重复遵循这些格律就好了。如果你想写散文的话（当然啦，散文诞生于诗歌之后），那么你就需要像斯蒂文森说过的，一种比较精致的风格。因为读者的耳朵总会期待听到一些东西，不过却往往得不到他们期待的效果。因此，作家就必须再加入一些东西；而这些后来附加上去的东西总是多少会有失败的尝试，不过也会有令人满意的结果。因此除非你有沃尔特·惠特曼或是卡尔·桑德堡的天赋，要不自由诗体的难度总是比较高的。我现在几乎已经是行将就木了，不过我至少发现押韵工整的古体诗还比较好写。另外一项原因，另外一项会让押韵诗比较好写的原因，就在于你一旦写了一行诗，一旦你决定要认真地展开这首诗，你自然就会限定自己要追随这句话的韵脚。而既然韵脚可以选择的字多到数不完，这样一来这首诗也就会比较好写了。

当然啦，重要的地方其实还是格律韵脚背后的事。跟所有的年轻作家一样——我也曾经自欺欺人过。我一开始的想法是大错特错的，我那时在读过卡莱尔与惠特曼的作品之后，就断定卡莱尔写的散文还有惠特曼写的诗歌，已经是唯一可能的写作模式了。不过那时却没有注意到一项事实，就是这两个风格绝对相反的人，都已经臻于写作散文诗歌的完美境界了。

在我开始动笔之后，我常常会告诉自己这想法有多么肤浅——如果有人看透这些想法的话，他们一定会鄙视我的。因此我就开始自我伪装。一开始，我试着成为十七世纪的西班牙作家，也觉得自己在拉丁文方面有一定的修养。不过我懂的拉丁文其实还只是皮毛而已。我现在已经不会觉得自己还是十七世纪的西班牙作家了，而我梦想成为西班牙文坛的托马斯·布朗爵士的尝试也彻底失败。或许那时写下的诗还有几首听起来不错。当然了，我那时的观念是想要拼凑出一些绚丽的词藻。现在我认为一味地追求绚丽其实是错的。我觉得这种观念是错的，原因是这些华丽的词藻其实是虚荣的象征。如果读者觉得你在道德上有所缺陷，那么他们也就没有理由还要崇拜你，或忍受你了。

接着我又犯了一个很常见的过错。我那时几乎是尽其所能地——我真的是用尽所有的办法——成为一位符合当代趋势的作家。歌德有一本叫做《威廉·迈斯特的学习时代》的书，里头有个角色说过："好吧，你想怎么评论我就怎么说吧，不过没有人能够否定我是一个跟得上时代的人。"歌德小说中这个荒谬之至的角色，跟想尽办法追逐当代流行的我，其实是半斤八两的。我们都已经是当代的作家了；我们干吗还要动脑筋想跟随当代流行。具不具备当代性跟主题取材或是文笔风格完全是两码子事。

　　如果你读过瓦尔特·司各特爵士的《艾凡赫》，或是（这个例子是比较另类一点）福楼拜的《萨朗波》，你都可以看得出来这些作品是在哪个年代完成的。虽然福楼拜宣称《萨朗波》是一本"迦太基的故事"（roman cartaginois），不过任何一位称职的读者在读过这本书的第一页之后都会发现，这本书其实并不是在迦太基写的，而是一位十九世纪的法国知识分子写的。至于《艾凡赫》，我们是不会被故事里头的城堡、骑士以及撒克逊的养猪人所欺骗的。在阅读这些书的时候，我们会一直以为我们在阅读的是一位十八或是十九世纪的作家。

　　除此之外，我们是当代人的原因很简单，因为我们都活在当代。从来都没有人发现过从前时代的生活艺术，即使是具有未来前瞻性的人也未必能够发现未来世界的奥秘。不管我们要不要成为当代人，我们都已经是当代人了。或许就连我批判现代性的举动其实也都是现代性的一种。

　　我在写故事的时候，都是尽力而为的。我会在文章风格上下很大的功夫，有的时候这些故事还都隐藏在许多的层次节理之下。比如说，我想过一个很棒的故事情节；也因此写下了《不朽》[1] 这个故事。故事背后的观念——这些点子对任何一位读过这故事的人都可能会是一个惊喜——就是说，如果有人真的是不朽的话，那么时间一久（当然这段时间真的会很久），他应该已经说过所有的话，做过所有的事，也写过所有该写的东西了。我就以荷马为例来说明吧；假设真的有这么一个人，而且他也已经完成了《伊利亚特》，然后荷马还会继续活下去，而他也会与时俱进随着时代改变。当然最后他会忘光他的希腊文，而且时间一久，他也会忘记他曾经是荷马。终究会有一天，我们不只会把蒲柏翻译荷马的作品当作一部艺术杰作（当然事实上也是如此），而且也会认为这部翻译作品还相当忠于原著呢。荷马会忘记自己就是荷马的原因，就隐藏在我为故事编织的许多复杂结构中。事实上，就在我几年前重读这本书的时候，我发现这本书写的其实是人类的大彻大悟，而且我也必须要回到我原先的计划，如果我

---

1 《不朽》(El inmortal)于一九四九年出版发行，收录于博尔赫斯的选辑《阿莱夫》(El Aleph)。——原编者注

能够只因单纯写下这本书而感到心满意足，而不要刻意加上这许多华丽的词藻以及怪异的形容词或是比喻的话，这本书会是一本佳作的。

我知道我领悟到的还不是什么大智慧，或许这只是一点小领悟而已。我是把自己当成一位作家的。而身为一位作家对我究竟有什么意义呢？这个身份对我而言很简单，就是要忠于我的想象。我在写东西的时候，不愿只是忠于外表的真相（这样的事实不过是一连串境遇事件的组合而已），而是应该忠于一些更为深层的东西。我会写一些故事，而我会写下这些东西的原因是我相信这些事情——这不是相不相信历史事件真伪的层次而已，而是像有人相信一个梦想或是理念那样的层次。

我在想我们会不会被我很重视的一个研究误导了：也就是我在文学史上的研究。我在想我们是不是对历史太不够敏感了（我希望我这么说不是在亵渎）。对文学史的敏锐——关于这一点，其实任何一种艺术形式都一样——都是一种不信任，也都是一种质疑。如果我这么说，华兹华斯以及魏尔兰都是十九世纪相当优秀的诗人，那么我就很可能落入陷阱，认为岁月多少摧毁了他们，而他们在现在已经不像以前那么优秀了。我认为古老的想法——也就是说我们在认定完美的艺术作品的时候，可以完全不考虑时间的因素——这种说法其实才是比较勇敢的说法。

我读过几本讨论印度哲学史的书。这些书的作者（不管是英国人、德国人、法国人或是美国人都一样）总是对于印度人完全不具历史观百思不解——印度人把所有的哲学家都当成当代的思想家。他们用当代哲学研究的术语来翻译古老哲学家的作品。这种尝试其实是很勇敢的。这种情形也解释了我们要相信哲学、相信诗歌——也就是说，过去是美的事物也可以一直延续它的美。

虽然我觉得我在这样说的时候是很没有历史观的（因为文字的意思以及言外之意当然都会改变），不过我还是认为会有这种超越时空的诗句的——比如说，维吉尔写过“他们穿越寥无人烟的暗夜”[1]（我不记得我有没有查证过这行诗——我

---

1 维吉尔《埃涅阿斯纪》（*Aeneid*），卷六，第二百六十八行。约翰·德莱登（John Dryden）是这么翻译这句话的：“他们穿越寥无人烟的阴暗”（卷六，第三百七十八行）。罗伯特·D·威廉姆斯（Robert D. Williams）则是这么翻译：“他们走过寥无人烟的暗夜”（卷六，第三百五十五行）。——原编者注

的拉丁文很烂的），或是有位古英文诗人写过的"白雪自北方飘落……"[1]，或者是莎翁说过的，"你是音乐，为什么悲哀地听音乐？／甜蜜不忌甜蜜，欢笑爱欢笑"[2]。——我们在读到这样的诗句的时候其实已经超越时空了。我认为美是永恒的；而这当然也就是济慈在写下"美丽的事物是恒久的喜悦"[3]时他所念兹在兹的。我们都能够接受这行诗，不过我们是把这行诗当成一种标准的说辞，当成一种公式来看待的。有的时候我真的很勇敢地怀抱希望，希望这种说法能够成真——尽管作家的写作时间不同，也都身处在不同的环境、不同的历史事件与时代背景中，不过永恒的美多少总是可以达成的。

当我在写作的时候，我会试着忠于自己的梦想，而尽量别局限在背景环境中。当然，在我的故事当中也有真实的事件（而且总是有人告诉我应该把这些事情讲清楚），不过我总

1　摘录自《航海家》（*The Seafarer*），艾达·戈登编（曼彻斯特：曼彻斯特大学出版社，一九七九年），第三十七页。请参阅本书第一讲博尔赫斯的相关讨论。——原编者注

2　莎士比亚，第八首十四行诗。——原编者注

3　这是济慈的诗《恩底弥翁》（*Endymion*）（一八一八年）开头的第一行。——原编者注

认为，有些事情永远都该掺杂一些不实的成分才好。把发生的事件一五一十地说出来还有什么成就可言呢？即使我们觉得这些事情不甚重要，我们多少也都要做点改变；如果我们不这么做的话，那么我们就不把自己当成艺术家看待了，而是把自己当成是记者或者历史学家了。不过我也认为所有真正的历史学家也都跟小说家一样有想象力。比如说我们在阅读吉本作品的时候，从中获得的喜悦其实也不下于我们阅读一本伟大的小说。毕竟，历史学家对于他研究的人物知道的也不多。我想历史学家也得要想象历史背景吧！就某种程度而言，像是罗马帝国的兴衰这些故事，他们都必须要当成是自己创作出来的。只不过他把这些历史创造得太棒了，我也就不会接受其他任何对历史的解释了。

如果要我对作家提出建言的话（不过我不认为他们会需要我的建议，因为每个人都要去发掘出属于自己的东西），我只会这么说：我会要求他们尽可能地不要矫饰自己的作品。我不认为矫揉造作的修补会对文章带来什么好处。时间一到，我们就会知道自己该做些什么了——那时你会听到你真实的声音，还有你自己的旋律。同时我也不认为小幅度的校订修正会有什么用。

　　我在写作的时候是不会考虑到读者的（因为读者不过是个想象的角色），我也不会考虑到我自己（或许这是因为我也不过是另一个想象的角色罢了），我想的是我要尽力传达我的心声，而且尽量不要搞砸了。我年轻的时候相信表现（expression）这一套。我也读过克罗齐，不过阅读克罗齐的书对我并没有用。我要的是把所有的事情表达出来。比如，如果我需要落日的话，我就要找到一个能够准确描写落日的词汇，或者是要找到一个最令人惊叹的比喻。不过我现在做出了结论（而这种结论听起来可能会有点感伤），我再也不相信表现这一套说法了：我只相信暗示。毕竟，文字为何物呢？文字是共同记忆的符号。如果我用了一个字，那么你应该会对这个字代表的意思有点体验。如果没有的话，那么这个字对你而言就没有意义了。我认为当作家的只能暗示，要让读者自己去想象。如果读者反应够快的话，他们会对我们仅仅点出带过感到满意的。

　　这就牵连到效率的问题了——在我个人的例子里，这也牵连到怠惰。有人问过我，为什么我没写过长篇小说。当然，懒惰会是我的第一个理由。不过我还有另外一个理由。每次我读长篇小说的时候总是会觉得很累。长篇小说需要铺陈；就我所知，我认为铺陈也是长篇小说不可或缺的条件。不过有很多短篇小说我却可以一读再读。我发现在短篇小说里头，像是在亨利·詹姆斯或是鲁德亚德·吉卜林的短篇小说，你能够得到的深度跟长篇小说是一样的，甚至短篇小说读起来还更有趣呢。

我想这就是我的信条了吧！在我决定要以"诗人的信条"作为演讲主题的时候，我那个时候很老实地认为，一旦我讲完了这五场演讲之后，我一定会在过程中发展出一些信条来的。不过我现在认为，应该要向各位说，除了我跟各位分享过的一些建议与误解之外，我并没有特定的信条。

我在写东西的时候，会尽可能地不去了解这些东西。我不认为智慧才情跟作家的作品有什么关联。我认为当代文学的罪过就是自我意识太重了。比方说，我觉得法国文学是世界上最伟大的文学之一（我不认为有人可以怀疑这种说法），不过却也觉得，法国作家的自我意识普遍都太过鲜明了。法国作家通常都会先界定自我，然后才会开始了解到他想要写些什么。他可能会说（我举个例子）：为什么天主教徒会出生在这种地方呢？为什么他会是个社会主义者？写下来。或者说，为什么我要以第二次世界大战为背景呢？我相信世界上已经有很多人动脑筋想过这个虚幻的问题了。

我在写作的时候（我本人当然不是一个很客观的例子，我不过是要提出一些警省而已），我会试着把自己忘掉。我会忘掉我个人的成长环境。我就曾经试过，我不会把自己当作"南美洲的作家"，我只不过是想要试着传达出我的梦想而已。如果这个梦想不是那么绮丽的话（我个人的情况通常都是如此），我也不会想要美化我的梦想，或者是想要了解它。也许我做得不错吧，因为每次我读到评论我的论著的时候——做这种事情的好像有很多人喔——我常常会吓一跳，我也很感谢这些人，因为他们总是能够从我信步所至写出来的东西中找出一些相当深沉的意义。我当然很感谢这些人，因为我认为写作不过是一件分工合作的工作而已。也就是说，读者也要做好他分内的工作：他们要让作品更丰富。同样的事情也发生在演讲上。

你以后可能会回想起你曾经听过这场精彩的演讲。如果是这样的话，那么我要恭喜你。因为你毕竟是跟我一起合作完成这场演讲的。如果没有你的参与，这场演讲也不会如此精彩，更别说能让人受得了了。我希望各位在今晚也都与我通力合作。既然今晚的讲座跟前几晚的不一样，我也要来谈谈我自己。

我在六个月前来到了美国（我要引用威尔斯这个名著的标题），在我的国家里，我事实上是一个"隐形人"（The Invisible Man）。[1] 在这里，多少有人看得到我。在这里，有人读我的书——他们真是研读过很多我的书，有些他们反复深究的作品我甚至都已经忘光了。他们问我，为什么某某某在答询之前是如此的沉默。这时我就开始想，这个某某某到底是谁，他为什么要保持缄默，他又回答了些什么呢？我迟疑了一会儿才回答他们。我告诉他们，这个某某某之所以在回答问题之前会先沉默，是因为我们在回答问题之前，通常也都会先保持沉默。不过，这些事情总会让我感到很快乐。

1　博尔赫斯在跟威利斯·巴恩斯通的对话中，表达了他想要隐姓埋名的愿望。我问他："如果《圣经》是孔雀的羽毛，那么你是哪一种鸟类？"博尔赫斯回答我："这只鸟的卵，就在他位于布宜诺斯艾利斯的鸟巢里，还没有孵化，还因为没有被人带着偏见看待而暗自高兴，不过我衷心地期待就这么保持原状就好了！"威利斯·巴恩斯通，《在布宜诺斯艾利斯与博尔赫斯夜幕闲谈：一部回忆录》（*With Borges on an Ordinary Evening in Buenos Aires: A Memoir*）（厄巴纳：伊利诺伊大学出版社，一九九三年），第二页。——原编者注

我想如果你们崇拜我的作品的话（我很怀疑你们会不会），那你们就错了。不过我却把这份崇拜当成是一份慷慨的失误。我觉得我们总是要试着去相信一些事情，即使这些事情后来让你很失望也无所谓。

如果我现在是在开玩笑的话，我会这么做是因为我心里头有这样的想法。我开玩笑是因为我真的感受到这些想法对我的意义。我知道应该回顾一下我今晚说了些什么。我会想：为什么我没说到应该说的事呢？为什么我没谈到这几个月以来在美国的感想，以及这些认识以及不认识的朋友对我的意义呢？不过，我想我的这些感受多少也都传达到各位身上了。

我被要求一定要谈论一些我写的诗；所以我来谈谈一首我写的十四行诗，是一首谈论斯宾诺莎的诗。在座有许多位可能不懂西班牙文，不过这刚好可以让这首诗更美好。就像我说过的，意义并不重要——重要的是诗中的音律，还有谈论事情的方式。即使诗中没有音乐，你们或许也都还能感受得到。要不然，既然我知道在座的各位都如此大方，那么你们就为我创造出一些音乐吧！

现在我们就来看这首诗，《斯宾诺莎》：

犹太人那双仿佛半透明的手

一次又一次地擦拭镜片。

这个逝去的午后是恐惧、是

冷峻，所有的午后也都是这般。

这双手以及风信子蓝的空气

在犹太社区边缘发白

对这个寂寞的人而言仿佛都不存在

他召唤出一个一目了然的迷寨，

他并不为虚名所惑——这不过反射在

另一面镜子的梦境——或是少女腼腆的爱意。

他完全不受比喻与神话的困惑，碾碎了

一块顽强的水晶：这是引领他的广大星图。[1]

---

1 《斯宾诺莎》(*Spinoza*) 最早收录于一本向卢贡内斯致敬的诗集《另一个，同一个》(*El otro, el mismi*) 中（布宜诺斯艾利斯：埃梅塞出版社，一九九六年）。
这首诗的英文翻译如下：
> The Jew's hands, translucent in the dusk,
> Polish the lenses time and again.
> The dying afternoon is fear, is
> Cold, and all afternoons are the same.
> The hands and the hyacinth-blue air
> That whitens at the ghetto edges

（转下页）

（接上页）　　Do not quite exist for this silent

　　　　　Man who conjures up a clear labyrinth,

　　　　　Undisturbed by fame—that reflection

　　　　　Of dreams in the dream of another

　　　　　Mirror—or by maidens' timid love.

　　　　　Free of metaphor and myth，he grinds

　　　　　A stubborn crystal：the infinite

　　　　　Map of the One who is all His stars.

这首诗由理查德·霍华德（Richard Howard）以及西泽·雷纳特（César Rennert）翻译，收录于《博尔赫斯诗选：1923—1967》，诺曼·托马斯·迪·乔凡尼编（纽约：德拉科特出版社，一九七二年），第一百九十三页。博尔赫斯还有第二首献给哲学家的十四行诗，《巴鲁赫·斯宾诺莎》（*Baruch Spinoza*），收录于一九七六年出版的《铁币》（*La moneda de hierro*），威利斯·巴恩斯通的英文翻译如下：

　　　　　A haze of gold, the Occident lights up

　　　　　The window. Now, the assiduous manuscript

　　　　　Is waiting, weighed down with the infinite.

　　　　　Someone is building God in a dark cup.

　　　　　A man engenders God. He is a Jew

　　　　　With saddened eyes and lemon-colored skin；

　　　　　Time carries him the way a leaf, dropped in

　　　　　A river, is borne off by waters to

　　　　　Its end. No matter. The magician moved

　　　　　Carves out his God with fine geometry；

　　　　　From his disease, from nothing, he's begun

　　　　　To construct God, using the word. No one

　　　　　Is granted such prodigious love as he；

　　　　　The love that has no hope of being loved.

　　威利斯·巴恩斯通，《在布宜诺斯艾利斯与博尔赫斯夜幕闲谈》，第五页。原文请参阅《博尔赫斯全集》（*Obras completas*）第三卷（布宜诺斯艾利斯：埃梅塞出版社，一九九五年），第一百五十一页。

——原编者注

论收放自如的诗艺

凯林－安德·米海列司库

一九六七年秋天，博尔赫斯来到哈佛开授诺顿讲座¹的时候，就已是公认的瑰宝了。他说，长久以来异议分子的身份，使得他在自己的国家俨然已经成为隐形人了。不过他在北美洲的同代作家（除了一些热情客套的溢美之词），却认定他注定要成为流传后世的名家之一。我们知道，至少到现在为止此言真的不假：博尔赫斯的作品抵挡得住岁月的淘汰²，这位遭人遗忘的异议分子的魅力与地位从未衰减。三十多年来，这六场讲座未曾付梓，这些演讲的录音带也从此被放在图书馆储藏室里囤积尘埃。尘垢堆积得够久了，这些录音带终于重见天日。先前伊戈尔·斯特拉文斯基也以"音乐诗学六讲"（*Poetics of Music in the Form of Six Lessons*）为题，在一九三九至一九四〇年间发表于诺顿讲座，这些精彩的讲座内容于一九七〇年才由哈佛大学出版社发行。斯特拉文斯基的例子证明，即使讲座内容经过很久的一段时间之后才出版问世，其重要性却未曾稍减。博尔赫斯现在的魅力跟三十年前比起来，丝毫不遑多让。

《诗艺》是一本介绍文学、介绍品味，也介绍博尔赫斯本人的书。就全书内容来看，只有《博尔赫斯，口述》[3]一书，也就是一九七八年五六月间他在布宜诺斯艾利斯的贝尔格拉诺大学

1　我要在此感谢梅利塔·亚当森（Melitta Adamson），谢里·克伦德宁（Sherri Clendinning），理查德·格林（Richard Green），克里斯蒂娜·约翰逊（Christina Johnson），格洛丽亚·科尤尼恩（Gloria Koyounian），托马斯·奥林奇（Thomas Orange），安德鲁·斯基伯（Andrew Szeib），简·托斯威尔（Jane Toswell），以及马雷克·厄本（Marek Urban）。如果没有他们的襄助，把这些讲座内容誊录为书本的过程将会变得更艰难。我尤其更该感谢哈佛大学出版社的资深编辑，玛丽亚·阿斯切（Maria Ascher），有了她的专业以及对博尔赫斯的全心投入，这本书才得以问世。

2　博尔赫斯以他一贯的反讽口吻，宣称跟其他的作家相比，他其实是比较不会自我解嘲的——他的好朋友阿道夫·比奥伊·卡萨雷斯（Adolfo Bioy Casares）就是个中高手。"想到我将来会被人所遗忘我就舒服些。人们的遗忘会让我变成无名小卒，不是吗？"《博尔赫斯—比奥伊：忏悔录，忏悔录》（*Borges-Bioy: Confesiones, confesiones*），鲁道夫·布雷里（Rodolfo Braceli）编，（布宜诺斯艾利斯：南美出版社，一九九七年），第五十一至五十二页。

3　《博尔赫斯，口述》（*Borges, oral*）一书收录了他在贝尔格拉诺大学演讲的"个人心得"。依据发表的时间排列，全书讨论的重点包括书本、不朽、斯维登堡（Swedenborg）、侦探小说，以及时光，等等。《博尔赫斯，口述》最早由布宜诺斯艾利斯的埃梅塞出版社于一九七九年发行。并于稍后再版，收录于《博尔赫斯全集》（*Obras completas*）第四卷（布宜诺斯艾利斯：埃梅塞出版社，一九九六年），第一百六十一至二百〇五页。本书自出版以来，即为研究博尔赫斯学者的标准参考书籍，也是西班牙文世界读者的参考书。

发表的五场演说可以与之相提并论——不过这几场演说的广度却比不上本书。这几场诺顿讲座比起《博尔赫斯，口述》还早了十年，是文学界的一大资产。本书信笔拈来，是如此虚怀若谷，我们可以看到博氏的幽默讽刺，而且总是可以从此书获得启示。

第一场讲座，《诗之谜》于一九六七年十月二十四日发表，讨论的是诗歌的主体地位，也很有效地引领我们进入这本书。《隐喻》（于十一月十六日发表）以莱奥波尔多·卢贡内斯为典范，探讨的是几个世纪以来诗人一再采用的同样隐喻模式。而博尔赫斯也提到，这些隐喻的典型可以归类为十二种"基本的典型"，而其他的典型是为了达到惊人的效果，所以也就比较昙花一现。《说故事》这篇讲座专门讨论史诗（于十二月六日发表），博尔赫斯对于现代人忽略史诗的情况提出建言，他思考了小说之死，并且提出当代人类的处境也反映在小说的意识形态里头："我们并不相信幸福，这是我们时代的一大悲哀。"他在这里也表现出他与瓦尔特·本雅明与弗兰茨·卡夫卡思想上的相似之处（他认为后者跟萧伯纳与切斯特顿相比只能算是个小作家而已）。他倡导小说叙述的立即性，不过他的立场却也有点反小说，把他未创作小说的原因归罪于他的懒惰。《文字—音韵与翻译》（于一九六八年二月二十八日发表）是一段探讨诗歌翻译的大师级之作。《诗与思潮》（三月二十日发表）探讨的是文学的地位，展现出他信步所至的风格，而不是理论思辨的方式。博尔赫斯认为魔术般的音乐真理比起理性思考的作品还来得强而有力，一味挖掘诗歌里头的意义是拜物的行为，他也认为太过有力的隐喻将会破坏诗歌的诠释构架，反而不会增添更深刻的意义。《诗人的信条》（四月十日发表）是一番自我告解，是一种他在"活了大半辈子后"的文学誓言。博尔赫斯的创作力在一九六八年间还处于高峰，他最一流的作品在那时都尚未发表，像是《布罗迪报告》（*El informe de Brodie*，一九七〇年）——此书收录了他自称最好的作品，《侵入者》（*The Intruder*）——以及《沙之书》（*El libro de arena*，一九七五年）。

这几场诺顿讲座由一位先知讲授，而他也经常被拿来跟其他的"伟大的西方盲人导师"相提并论。博尔赫斯对荷马的崇拜从未更改，对于乔伊斯的评价虽然很高，不过却也很复杂，而他对弥尔顿有些微的厌恶与质疑，这一切都说明了他身处的传统。他的眼疾持续恶化，到了一九六〇年左右就几近全盲，只能看得到一片橙橙的黄。整本《老虎的金黄》（*El oro de los ligres*，一九七二年）忠实呈现了他最后能看得到的颜色。博尔赫斯的演说方式很独特，令人叹为观止：他在演说的时候眼睛会往上看，他的表情温柔中又带点羞涩，好像已经接触到了文本的世界一样——文字的色彩、触感、音符跃然浮现。对他而言，文学是一种体验的方式。

博尔赫斯在大部分以西班牙文进行的访谈或是公开演说中的口气总是很直率，腔调也有点怪异，不过他在《诗艺》里头俨然就是荣誉贵宾的口气了，不但娓娓道来，更是收放自如。这本书虽然写得相当浅显易懂，没有大放厥词的妄加教诲，却充满了深刻的个人反省，不但不会过于天真烂漫，也不至于愤世嫉俗。本书保留了口语沟通的即时性——言谈当中的流畅感、幽默以及偶尔的停顿（本书博尔赫斯的句法只有在必须调整句子才合乎文法或是才看得懂的情况下略作更改。此外，博尔赫斯偶尔几次的引用失误也做了一些修改）。这本口语化的文本可以带给读者不拘形式的感觉，以及更多温暖的感受。

博尔赫斯对英文的熟稔更是迷人。他从很小的时候就跟随祖母学习英文，他的祖母是从斯塔福德郡来到布宜诺斯艾利斯的。他的双亲更是精通英文（父亲是心理学以及现代语文的教授，而他的母亲则是一位翻译家）。博尔赫斯的英文不但说得流畅，更是极具音乐性，子音的发音不但优雅，更能够悠游于古英文铿锵有力的母音。

我们在阅读博尔赫斯的宣言的时候，千万别光看言语的表面意义，像他说他还在"摸索"自己的路，像他说他是个"胆小而绝不是大胆的思想家"，或者像他的文化背景是"一连串不幸的大杂烩"，等等 [1]。博尔赫斯的学养绝对是相当深厚的，而他的作品主旨也经常明显地融入了自传式的成分——也就是学海无涯的主题。他的记忆力相当惊人：他的视力很差，根本就不可能看得到笔记 [2]，所以他在发表这六场演说的

1　参阅本书第二讲；亦可参考《博尔赫斯—比奥伊：忏悔录，忏悔录》，第三页。

2　博尔赫斯惊人的记忆力已经成为一则传说轶事。有一位研究罗马尼亚语的美国语言学教授指出，他曾经在一九七六年在印第安纳大学跟博尔赫斯聊过天，而这位阿根廷作家竟然向他背诵了八段罗马尼亚诗。博尔赫斯说这几首诗是他亲自跟作者学的，当时是一九一六年，诗的作者是流亡至日内瓦的年轻难民。而博尔赫斯并不懂罗马尼亚文。不过博尔赫斯的记忆也很奇怪，他似乎有种倾向，别人的作品他可以记得相当清楚，不过却经常宣称他完全忘记了自己写过的作品。

时候也完全没依赖过笔记的提示。在过目不忘的惊人记忆力的帮助下，博尔赫斯援引了相当丰富的文本为例，这也使得他的演讲变得更为丰富——他个人的美学总是建立在文学的根基上。他引用到文学理论的机会并不多；引述评论家的机会也很少；而哲学家也只有在不脱离纯粹抽象思考的时候才引得起他的兴趣。因此，他记忆中的世界文学总是能够以纯文学的风貌娓娓道来。

在《诗艺》一书中，博尔赫斯跟历代的作家与文本展开对话，而这些题材即使是一再反复引述讨论也总还是显得津津有味。他引述过的题材包括《荷马史诗》，维吉尔，《贝奥武甫》，冰岛诗集，《一千零一夜》，《古兰经》以及《圣经》，拉伯雷，塞万提斯，莎士比亚，济慈，海涅，爱伦·坡，斯蒂文森，惠特曼，乔伊斯，当然还有他自己。

博尔赫斯的伟大有一部分来自他的才气机智与优雅精练，这种特质不但出现在他的作品中，更是出现在他的生活中。有人问他有没有梦见过胡安·贝隆，博尔赫斯反驳道："我的梦也是有品位的——要我梦到他，想都别想！"

JORGE LUIS BORGES
This Craft of Verse
Edited by Calin-Andrei Mihailescu

Copyright © 2001 by Harvard University Press

All rights reserved
All adaptations are forbidden

图字: 09-2002-008 号